Jules Verne

Martin Paz

Salzwasser

Jules Verne

Martin Paz

1. Auflage | ISBN: 978-3-84608-039-9

Erscheinungsort: Paderborn, Deutschland

Erscheinungsjahr: 2015

Salzwasser Verlag GmbH, Paderborn.

I.

Eben verschwand die Sonne hinter den schneeigen Gipfeln der Kordilleren, doch unter Perus schönem Himmel sättigte sich die Atmosphäre durch den leichten Schleier der Nacht mit einer Licht schimmernden Frische. Das war die Stunde, in der man nach europäischer Art und Weise leben und außerhalb der Verandas einen erquickenden Lufthauch aufsuchen konnte.

Während die ersten Sterne am Horizonte aufzogen, füllten sich die Straßen Limas mit einer Menge Spaziergänger an, welche in ihrem leichten Mantel dahin wandelnd von den unbedeutendsten Dingen plauderten. Auf der Plaza-Mayor, dem alten Forum der Stadt der Könige, ging es sehr lebhaft zu. Die Handwerker benutzten die Abendkühle, um von der Arbeit des Tages zu ruhen, oder eilten geschäftig durch die Menge, wobei sie schreiend die Vorzüge ihrer Waren anpriesen. Die Frauen schwebten, sorgfältig verhüllt in den langen Schleiern, welche auch ihr Gesicht verdecken, mit eigentümlicher Grazie durch die Gruppen rauchender Männer. Einige Señoras in Balltoilette und mit reichem Haarschmucke aus lebenden Blumen brüsteten sich hingegossen in den offenen Wagen. Indianer streiften vorüber, ohne ein Auge zu erheben, da sie wohl wussten, dass sie zu niedrig geachtet wurden, um bemerkt zu werden, verrieten weder durch eine Geste, noch durch ein Wort das dumpfe Verlangen, welches sie verzehrte, und kontrastierten dadurch merklich mit den ebenso wie sie selbst missachteten Mestizen, deren Protest gegen ihre soziale Stellung sich gern möglichst geräuschvoll Luft machte.

Die Spanier, diese stolzen Nachkommen Pizarros, gingen hoch erhobenen Hauptes umher, ganz wie zur Zeit, da ihre Vorfahren die Stadt der Könige gründeten. Ihre angeerbte Missachtung traf die Indianer, welche sie besiegt hatten, aber die Mestizen, die Sprösslinge ihrer Beziehungen zu den Eingeborenen der Neuen Welt, darum nicht weniger. Die Indianer hatten, wie alle zur Dienstbarkeit verurteilten Klassen, nur den einen Gedanken, ihre Fesseln zu sprengen, und ihre Abneigung kannte zwischen den Besiegern des alten Inkathrones und den Mestizen, einer Art Bourgeoisie voll widerwärtigen Stolzes, keinen Unterschied.

Diese Mestizen aber, Spanier durch ihre Verachtung der Indianer, Indianer durch den Hass, den sie den Spaniern geschworen, verzehrten sich selbst zwischen diesen beiden gleich lebhaften Gefühlen.

Zu ihnen gehörte auch die Gruppe junger Leute, welche nahe der hübschen Fontaine in der Mitte der Plaza-Mayor umherflanierte. Den Poncho, eine Art viereckig zugeschnittenes Stück Baumwollenstoff mit einem Loche zum Durchstecken des Kopfes, malerisch über den Schultern, mit weiten bunt gestreiften Beinkleidern und breitkrempigen Hüten aus Guayaquil-Stroh, plauderten sie, lachten und gestikulierten aufs Lebhafteste.

»Du hast ganz recht, Andreas«, fügte ein kleiner Mann von kriechendem, unterwürfigem Aussehen, den sie Millaflores nannten.

Dieser Millaflores war gleichsam der Parasit Andreas Certas, eines jungen Mestizen, des Sohnes eines reichen, bei einer der letzten Verschwörungen Lafuentas umgekommenen reichen Kaufmannes. Andreas Certa erbte ungeheure Reichtümer, die er freigebig zum Nutzen seiner Freunde verwendete, von welchen er nur unbedingte Willfährigkeit für seine Hände voll Gold verlangte.

»Was nützt dieser Wechsel der Machthaber, diese unaufhörlichen Pronunciamentos, welche Peru erschüttern? Ob Gambarra oder Santa-Cruz regiert, ist ja ganz unwichtig, solange hier noch keine Gleichheit herrscht.

– Wohl gesprochen! Bravo! rief der kleine Millaflores, der selbst unter einer Herrschaft der Gleichheit einem geistvollen Menschen doch niemals gleich geworden wäre.

– Wie! fuhr Andreas Certa fort, ich der Sohn eines Handelsherrn, ich soll nur in einem mit Maultieren bespannten Wagen fahren dürfen? Haben meine Schiffe diesem Lande nicht Reichtum und Wohlfahrt gebracht? Ist die nützliche Aristokratie des Geldes nicht mindestens ebenso viel wert, als die der inhaltlosen spanischen Titel?

– O, es ist eine Schmach! antwortete ein junger Mestize, und dort, seht einmal diesen Don Fernando, der in seiner Karosse mit zwei Pferden vorüberfährt! Don Ferdinand d'Aguillo! Er weiß kaum, womit er seinen Kutscher füttern soll, und brüstet sich hier wie ein Pfauhahn! Da ist auch noch ein Anderer, der Marquis Don Vegal!«

Ein prächtiges Gespann lenkte eben auf die Plaza-Mayor ein; es war das des Marquis Don Vegal, Ritter von Alcantara, Malteser und Ritter des Ordens Karls III. Der große Herr kam aber aus reiner Langeweile, nicht aus Prahlsucht hierher. Traurige Gedanken wohnten unter seiner tief gerunzelten Stirn, und er hörte nicht einmal die missgünstigen Bemerkungen der Mestizen, als seine feurigen vier Hengste sich einen Weg durch die Menschenmenge brachen.

»Ich hasse diesen Mann! sagte Andreas Certa.

– Wirst es nicht mehr lange nötig haben! antwortete einer der jungen Kavaliere.

– Nein, denn alle diese Vornehmen strahlen nur noch im letzten Schimmer ihres Luxus, und ich weiß es recht gut, wohin ihr Silberzeug und ihre Familienkleinodien wandern.

– Ja wohl! Du weißt etwas davon, Du, der das Haus des Juden Samuel so fleißig besucht.

– Und dort, in den Schuldbüchern des alten Juden prangen die Namen jener Aristokraten, und sein Geldkasten strotzt von den Resten ihrer Schätze. Und von dem Tage ab, wo diese Spanier so bettelarm sein werden, wie ihr Cäsar von Bazan werden wir gewonnenes Spiel haben.

– Vorzüglich Du, Andreas, ließ sich Millaflores vernehmen, wenn Du Deine Millionen ins Treffen führst. Und Du wirst Deine Schätze noch verdoppeln! ... Nun, wann wirst Du die schöne Tochter des alten Samuel heiraten, die doch eine Limenserin ist vom Scheitel bis zur Zehe und nichts Jüdisches an sich hat außer Ihrem Namen Sarah? – Nach einem Monat, antwortet Andreas Certa, und nach einem Monate wird es in Peru keinen Reichtum geben, der sich mit dem meinen messen könnte!

– Warum aber, fragte einer der jungen Mestizen, willst Du nicht eine der jungen Spanierinnen von hoher Abkunft heiraten?

– Weil ich diese Art Leute nicht weniger verachte, als ich sie hasse!«

Andreas Certa wollte es nicht zugestehen, dass er von mehreren vornehmen Familien, bei denen er sich Zutritt zu verschaffen gesucht hatte, jämmerlich abgewiesen worden war.

In diesem Augenblicke wurde Andreas Certa von einem hochgewachsenen Manne mit halb ergrauten Haaren, dessen Gliedmaßen aber eine große Muskelkraft verrieten, heftig mit dem Ellenbogen gestoßen.

Dieser Mann, ein Indianer aus den Bergen, trug eine braune Jacke, aus der ein grobleinenes Hemd mit breitem Kragen hervorsah, das über seiner rauen Brust offen stand; seine kurzen Beinkleider mit grünen Streifen endigten mit roten Kniebändern über den erdfarbenen Strümpfen; an den Füßen trug er Sandalen aus Büffelleder, und sein spitziger Hut erglänzte von großen, metallenen Schnallen.

Nachdem er Andreas Certa gestoßen, sah er diesen auch noch ruhigen Blickes an.

»Elender Indianer!« rief der Mestize und erhob schon die Hand.

Seine Gefährten hielten ihn zurück, und Millaflores warnte:

»Andreas! Andreas! Nimm Dich in Acht!

- Ein solcher erbärmlicher Sklave wagt es, mich zu stoßen.

- Das ist ja ein Narr! Es ist der Sambo!«

Der Sambo fixierte den Mestizen, den er absichtlich gestoßen hatte, noch immer. Dieser ergriff in überschäumendem Zorne einen Dolch, den er im Gürtel trug, und wollte sich eben auf seinen Angreifer stürzen, als ein Kehllaut, ähnlich dem des peruanischen Hänflings, den Lärm der Spaziergänger übertönte und der Sambo eilig verschwand.

»Ebenso unverschämt, als feig! rief ihm Andreas Certa nach.

- Beruhige Dich, sagte begütigend Millaflores. Komm, wir wollen die Plaza-Mayor verlassen; die Frauen aus Lima sind hier zu hochmütig.«

Die Gesellschaft junger Leute wandte sich nach dem Hintergrunde des Platzes. Die Nacht war gekommen, und die Limenserinnen verdienten mit Recht den Namen »tapadas«, denn unter dem sie dicht bedeckenden Schleier war man nicht mehr imstande, ihr Gesicht zu erkennen.

Die Plaza-Mayor zeigte sich jetzt belebter als je. Das Schreien und Lärmen wurde immer ärger. Die berittenen Wachen vor dem Mitteltore des vizeköniglichen Palastes am Nordende des Platzes hatten Mühe, mitten in diesem Gewoge und Gedränge von Menschen auf ihrem Posten auszuharren. Die verschiedensten Industrien schienen sich hier ein Rendezvous zu geben, und der ganze Platz bildete vielmehr einen ungeheuren Krammarkt von Waren jeder Art. Das Erdgeschoss im Palaste des Vizekönigs und der ebenso mit Läden besetzte Unterbau der Kathedrale vollendeten das Gesamtbild eines offenen Basars für alle Erzeugnisse der Tropenwelt.

Der Platz war infolgedessen sehr geräuschvoll; sobald aber der Angelus vom Glockenturme der Kathedrale ertönte, schwieg das Geräusch mit dem ersten Schlage. Dem lauten, lustigen Geschrei folgte das Geflüster des Gebetes. Die Frauen unterbrachen ihren Spaziergang und nahmen den Rosenkranz in die Hände.

Während alles stillstand und die Kniee beugte, suchte sich eine alte Duenna, die ein junges Mädchen führte, mitten durch die unbewegliche Menge zu drängen, was nicht wenig unliebsame Bemerkungen über die beiden Störerinnen des Gebetes hervorrief. Das junge Mädchen wollte auch stehen bleiben, doch die Duenna zog sie mit sich fort.

»Seht diese Satanstochter, raunte man neben ihr.

- Was ist's mit der verdammten Tänzerin?

– Das ist noch eine der Weiber von »Carcaman«.

Plötzlich erfasst ein Maultiertreiber das Mädchen an der Schulter und will sie zum Niederknieen zwingen; doch kaum hat er die Hand auf sie gelegt, als ein wuchtiger Arm ihn niederschlägt. Die blitzschnell verlaufende Scene erregte einiges Aufsehen.

»Fliehen Sie!« flüstert da eine sanfte und ehrerbietige Stimme dem jungen Mädchen ins Ohr.

Diese dreht sich bleich vor Schrecken um und gewahrt einen jungen, hochgewachsenen Indianer, der mit gekreuzten Armen seinen Gegner ruhig erwartet.

»Bei meiner Seele, wir sind verloren!« heult die Duenna.

Sie schleppt das junge Mädchen mit sich fort.

Der von seinem Sturze halb gelähmte Maultiertreiber hat sich wieder erhoben; da er es aber für geraten hält, an einem so entschlossenen und kampfbereiten Gegner, wie der junge Indianer, keine Wiedervergeltung zu üben, ordnet er seine Maultiere wieder und entfernt sich, nutzlose Drohungen murmelnd.

II.

Die Stadt Lima liegt im Thale der Rimac, neun englische Meilen von deren Mündung. Im Norden und Osten beginnen die ersten wellenförmigen Terrainerhebungen, die zu der großen Kette der Anden gehören. Das Tal von Lurigamho, das aus den Gebirgen von San-Cristoval und den Amancaës gebildet wird, die sich hinter Lima erheben, endet dicht vor den Vorstädten derselben. Die Stadt selbst erstreckt sich nur längs des einen Ufers des Flusses hin. Das andere nimmt die Vorstadt San-Lazaro ein, welche mit jener durch eine Brücke von fünf Bogen in Verbindung steht, deren stromaufwärts gerichteten Pfeilerseiten dem Wasser eine scharfe Kante entgegenstellen. Auf der anderen Seite stromabwärts bieten sie den Spaziergängern Bänke, auf denen sich die Elegants während der Sommerabende ausstrecken, und von welchen aus sie einen hübschen Wasserfall betrachten können.

Von Osten nach Westen hat die Stadt eine Länge von zwei Meilen, doch von der Brücke bis zu den Umfassungsmauern nur eine Breite von ein und einer Viertelmeile. Diese zwölf Fuß hohen und an ihrer Basis zehn Fuß dicken Mauern bestehen aus »Adobes«, das sind eine Art an der Luft getrockneter Ziegelsteine, welche aus einer Mischung von tonhaltiger Erde und kurz geschnittenem Stroh hergestellt werden, und die deshalb geeignet sind, auch den Erderschütterungen Widerstand zu leisten. Die Umfassungsmauern, welche sieben Tore und drei Ausfallpforten haben, enden im Süden an der kleinen Zitadelle der heiligen Katharina.

Das ist ungefähr die alte Stadt der Könige, die Pizarro am Tage Epiphanias des Jahres 1534 gründete. Sie war früher und ist noch heute der Schauplatz immer wiederkehrender Revolutionen. Ehedem bildete Lima den Haupthandelsplatz Amerikas am Stillen Ozean und verdankte das seinem Hafen von Callao, der im Jahre 1779 auf eigentümliche Art gebaut wurde. Man ließ am Ufer ein altes, sehr großes Schiff stranden, das mit Steinen, Sand und allerhand Trümmern gefüllt war, flößte dann auf dem Guayaquil Magnolienstämme herunter, welche vom Wasser nicht im Mindesten angegriffen werden, und senkte diese um den Schiffsrumpf herum ein, der dadurch zur unerschütterlichen Grundlage wurde, über welcher sich der Molo von Callao erhob.

Das Klima, gemäßigter und milder als das von Cartagena oder Bahia an der entgegengesetzten Seite Amerikas, macht aus Lima eine der angenehmsten Städte der Neuen Welt. Der Wind hält hier zwei kaum jemals wechselnde Richtungen ein: Entweder weht er aus Südwesten und kühlt sich durch den Pazifischen Ozean ab, oder aus Südosten, wobei er von den Gipfeln der Kordilleren die erfrischende Luft mit herbeiträgt.

Die Nächte sind in den tropischen Zonen schön und klar. Sie sind mit jenem so wohltuenden Duft geschwängert, den ein fruchtbarer Boden, auf welchen die Sonne vom wolkenlosen Himmel herabbrannte, ausatmet. So verschieben auch die Bewohner Limas ihre Empfangsstunden auf die spätere Nacht, wenn die Häuser sich abgekühlt haben; bald leeren sich dann die Straßen, und kaum hört man noch aus einem Gasthause den Lärm fröhlicher Zecher.

Am heutigen Abend gelangte das junge Mädchen, dem die alte Duenna folgte, unbelästigt bis zur Brücke der Rimac und lauschte ängstlich auf jedes Geräusch, das ihre Erregung leicht übertrieb, und immer glaubte sie die Schellen eines Maultiergespanns, oder das Pfeifen eines Indianers zu vernehmen.

Dieses junge Mädchen, Namens Sarah, kehrte zu ihrem Vater, dem Juden Samuel, zurück. Sie trug ein dunkelfarbiges Kleid mit reichen Falten, das unten sehr eng war, sodass sie nur kleine Schritte machen konnte, was ihr jene den Limenserinnen so eigene Grazie verlieh; den mit Spitzen und Blumen verzierten Rock bedeckte zum Teil ein seidener Mantel, der in Form einer Kapuze den Kopf verhüllte; die feinsten Strümpfe und Schuhe von Glanzleder wurden unter der geschmackvollen Kleidung sichtbar. Armbänder von hohem Werte funkelten an den Armen des jungen Mädchens, deren ganze Erscheinung jenen Liebreiz atmete, den die Spanier » *donayre*« nennen.

Millaflores hatte recht gehabt. Die Braut Andreas Certas zeigte nichts Jüdisches, als den Namen, denn sie war der getreue Typus jener Señoras, deren Schönheit über alles Lob erhaben ist.

Die Duenna, eine bejahrte Jüdin, auf deren Gesichte der Geiz und die Habsucht sich spiegelten, diente Samuel mit treuer Ergebung, und empfing von diesem einen angemessenen Lohn.

Gerade als die beiden Frauen in die Vorstadt San-Lazaro einbogen, ging ein Mann in Mönchskleidung, die Kutte über dem Kopfe, dicht an ihnen vorüber und sah sie aufmerksam an. Dieser Mann hatte eines jener einnehmenden Gesichter, auf welchen die Ruhe und das Wohlwollen ungestört zu wohnen scheinen. Es war der Pater Joachim de Camarones, der im Vorübergehen Sarah verständnisinnig anlächelte, die sofort nach ihrer Dienerin sah, nachdem sie dem Mönche ein graziöses Zeichen mit der Hand gemacht hatte.

»Nun, Señora, begann ärgerlich die Alte, ist es nicht genug, von jenem Christen insultiert worden zu sein; muss man auch noch einen Pfaffen grüßen? Werden wir Sie etwa bald mit dem Rosenkranze in der Hand bei den kirchlichen Zeremonien mit Teil nehmen sehen?«

Die kirchlichen Zeremonien stehen nämlich bei den Limenserinnen in großem Ansehen.

»Sie sprechen da einen sonderbaren Verdacht aus, erwiderte das junge Mädchen errötend.

– Einen so sonderbaren, wie Ihr Benehmen! Was würde mein Herr Samuel sagen, wenn er wüsste, was heute Abend geschehen ist?

– Trifft mich die Schuld, wenn ein frecher Maultiertreiber mich insultiert?

– Ich weiß schon, Señora, fuhr die Alte kopfschüttelnd fort, vom Maultiertreiber ist auch gar keine Rede.

– So hat also jener junge Mann unrecht getan, dass er mich gegen die Injurien der Volksmenge in Schutz nahm?

– Ist es das erste Mal, dass jener junge Indianer Ihnen in den Weg kam?« fragte die Duenna.

Das Gesicht des jungen Mädchens war zum Glück durch den Schleier geschützt, denn die Dunkelheit wäre nicht hinreichend gewesen, ihre Verwirrung bei dem forschenden Blicke der alten Dienerin zu verbergen.

»Doch, lassen wir den Indianer, fährt jene fort, es wird meine Sache sein, ihn im Auge zu behalten. Aber darüber beklage ich mich, dass Sie, um jene Christen nicht zu stören, Lust hatten, während ihres Gebetes stehen zu bleiben. Sie wären wohl auch gern mit in die Kniee gesunken? O, Señora, Ihr Vater hätte mich sofort an dem Hause gejagt, wenn ich eine solche Apostasie geduldet hätte.«

Doch das junge Mädchen hörte nicht auf ihre Worte. Die Bemerkung der Alten bezüglich des jungen Indianers hatte ihr gar seltsame Gedanken erregt. Die Intervention des jungen Mannes erschien ihr wie ein Werk der Vorsehung, und wiederholt wandte sie sich zurück, um zu sehen, ob er ihr nicht in der Dunkelheit folge.

In Sarahs Herzen wohnte eine gewisse Kühnheit, welche ihr so herrlich stand. Sie war stolz wie eine Spanierin, und wenn ihre Blicke sich auf jenen Mann gerichtet hatten, so geschah es, weil er selbst stolz genug war, und nicht einen dankenden Blick als Preis seines Schutzes verlangt hatte.

In der Voraussetzung, dass der junge Indianer sie nicht aus den Augen gelassen habe, täuschte sich Sarah nicht. Nachdem Martin Paz dem Judenmädchen zu Hilfe gesprungen war, wollte er auch ihren Heimweg sichern. So folgte er ihr, als die Umstehenden sich etwas zerstreut hatten, unbemerkt von ihr selbst nach.

Er war ein schöner junger Mann, dieser Martin Paz, und trug die nationale Tracht der Indianer aus den Bergen mit edlem Anstande; unter seinem breitrandigen Strohhute quoll ein üppiges schwarzes Haar hervor, dessen Locken mit der Kupferfarbe seines Gesichts harmonierten. Seine Augen leuchteten in sanftem Glanze und seine Nase erhob sich über einem hübschen Munde, eine Seltenheit bei den Zugehörigen dieser Rassen. Einer der mutigen Abkömmlinge Manco-Capacs, strömte jenes tatenlustige Blut in seinen Adern, das zur Ausführung großer Unternehmungen antreibt.

Martin Paz erscheint stolz eingehüllt in seinen Poncho; sein Gürtel hält einen jener malayischen Dolche, die in einer geübten Hand so furchtbar werden können und an den Arm genietet scheinen. Im Norden Amerikas, an den Ufern des Ontario-Sees, wäre dieser Indianer ein Häuptling jener Nomadisirenden Stämme gewesen, die den Engländern so viel heroische Schlachten geliefert haben.

Martin Paz wusste recht gut, dass Sarah die Tochter des reichen Samuel und die Braut des geldstolzen Mestizen Andreas Certa war; er sagte sich, dass sie durch ihre Geburt, ihre Stellung und Reichtümer ihm niemals gehören könne, doch er vergaß gern alle diese Unmöglichkeiten, um in dem wilden Strome seiner Gefühle zu schwelgen.

In Gedanken versunken, unterbrach Martin Paz seinen Weg, als er von zwei Indianern angehalten wurde.

»Martin Paz, sagte Einer derselben zu ihm, Du musst noch diese Nacht Deine Brüder in den Bergen sehen.

– Ich weiß es, antwortete kühl der Indianer.

– Die Goelette Annonciation hat sich auf der Höhe von Callao gezeigt, eine Zeit lang laviert, und ist dann von der Landspitze verdeckt verschwunden. Ohne Zweifel nähert sie sich der Küste nach der Mündung der Rimac zu; es wird gut sein, dass unsere Rindenkanus sie um ihren Inhalt erleichtern, und Du musst dabei sein!

– Martin Paz weiß, was er zu tun hat, und wird es tun.

– Wir sprechen zu Dir im Namen des Sambo.

– Und ich antworte Euch in meinem eigenen Namen!

– Fürchtest Du nicht, dass er Deine Anwesenheit in der Vorstadt San-Lazaro und um diese Stunde unerklärlich finde?

– Ich bin da, wo es mir zu sein beliebt.

– Vor dem Hause des Juden?

– Diejenigen meiner Brüder, welche etwas dagegen haben, werden mich heute Nacht in den Bergen treffen.«

Die Augen der drei Männer funkelten – das war Alles. Die Indianer wendeten sich nach dem Ufer der Rimac, und das Geräusch ihrer Schritte verhallte in der Dunkelheit.

Martin Paz hatte sich schnell dem Hause des Juden genähert. Dieses Haus bestand, wie alle in Lima, nur aus zwei Stockwerken; aus dem aus Ziegelsteinen erbauten Erdgeschosse ruhten die oberen aus Rohr geflochtenen Mauern, die mittels Gips verdichtet waren. Doch auch dieser Teil des Hauses, welcher durch seine Konstruktion den Erdbeben zu widerstehen vermochte, erschien durch eine recht geschickte Malerei aus demselben Material bestehend, wie das untere Geschoss; das Dach war mit Blumen bedeckt und bildete eine Terrasse voller Duft und Farbenpracht.

Ein großer Thorweg zwischen zwei Lusthäuschen führte nach dem Hofe, doch zeigten diese Häuschen der Gewohnheit des Landes gemäß keine Fenster nach der Straßenseite.

An der Parochialkirche schlug es elf Uhr, als Martin Paz vor dem Hause Sarahs stehen blieb. Rings herrschte tiefes Schweigen.

Warum verweilte der Indianer unbeweglich vor diesem Hause? – Auf der Terrasse war mitten unter den Blumen, welchen die Nacht nur eine unbestimmte Form ließ, während sie von ihrem Duft nichts rauben konnte, eine weiße Gestalt erschienen.

Ohne sich davon Rechenschaft zu geben, erhob Martin Paz wie anbetend die Arme.

Plötzlich bückte sich die weiße Gestalt, als wäre sie erschrocken.

Martin Paz wendete sich um und stand Andreas Certa Auge in Auge gegenüber.

›Seit wann verbringen Indianer die Nachte in stummer Betrachtung? fragte Andreas Certa zornig.

– Seit ihre Füße auf dem ureigenen Boden ihrer Vorfahren wandeln‹, antwortete Martin Paz.

Andreas Certa tat einen Schritt gegen seinen unbeweglichen Gegner.

›Elender wirst Du mir Platz machen? – Nein«, erwiderte Martin Paz, und sofort blitzten zwei Dolche in beider Händen. Beide Gegner waren von gleicher Größe und scheinbar von gleicher Körperkraft.

Schnell erhob Andreas Certa den Arm zum Stoße, noch schneller ließ er ihn wieder sinken. Sein Dolch war dem malayischen Dolche des Indianers begegnet, und an der Schulter getroffen sank er zur Erde.

»Zu Hilfe! Zu Hilfe!« rief er.

Die Haustür des Juden öffnete sich. Aus einem benachbarten Hause liefen mehrere Mestizen herbei. Die Einen verfolgten den Indianer, der eilig das Weite suchte, die Anderen hoben den Verwundeten auf.

»Wer ist der Mann? fragte Einer derselben. Ist es ein Seemann, so schafft ihn nach dem Hospitale zum Heiligen Geiste, ist es ein Indianer, dann nach dem St.-Anna-Hospize.«

Da näherte ein Greis sich dem Verwundeten und befahl, als er diesen kaum gesehen:

»Tragt diesen jungen Mann zu mir hinein; das ist ein eigentümliches Unglück!«

Der Greis war der Jude Samuel, der in dem Verwundeten den Bräutigam seiner Tochter erkannt hatte.

Inzwischen hoffte Martin Paz, Dank der Finsternis und seiner Schnelligkeit, seinen Verfolgern zu entgehen. Er lief um sein Leben. Hätte er das freie Feld erreichen können, so wäre er wohl in Sicherheit gewesen; doch die Tore der Stadt wurden um elf Uhr geschlossen und öffneten sich vor vier Uhr nicht wieder.

Er gelangte nach der steinernen Brücke, die er schon halb überschritten hatte. Dicht waren ihm die Mestizen und einige Soldaten, die sich jenen angeschlossen hatten, auf den Fersen. Um das Unglück vollzumachen, zog da von dem anderen Ende der Brücke aus eine Patrouille über diese. Martin Paz, der weder vor- noch rückwärts konnte, schwang sich auf das Geländer und stürzte sich in den Strom, welcher auf seinem steinigen Bette schäumte.

Die Verfolger liefen an beiden Seiten die Ufer entlang, um den Flüchtling zu ergreifen, wenn er ans Land schwimmen würde.

Doch vergebens – Martin Paz wurde nicht wieder sichtbar.

III.

Nachdem Andreas Certa in das Haus Samuels und in ein eiligst zurechtgemachtes Bett gebracht worden war, erlangte er bald das Bewusstsein wieder und drückte dem alten Juden dankbar die Hände. Einen Arzt hatten die Diener des Hauses schnell herbeigeholt. Dieser erklärte die Wunde für nicht besonders schwer, der Stahl des Dolches hatte die Schulter des Mestizen nur in den Weichteilen getroffen. Nach einigen Tagen würde Andreas Certa wieder hergestellt sein.

Als Samuel und Andreas Certa allein waren, sagte Letzterer:

»Sie sollten die Thür, welche nach der Terrasse führt, vermauern lassen, Meister Samuel.

– Was fürchten Sie denn? fragte der Jude.

– Ich fürchte, dass Sarah dahin zurückkehrt, um sich von den Indianern anstaunen zu lassen! Es war kein Dieb, der mich angriff, sondern ein Rivale, dem ich nur durch ein Wunder entgangen bin!

– O, bei den Tafeln des Gesetzes, rief der Jude, Sie täuschen sich! Sarah wird eine tadellose Hausfrau sein, und ich versäume nichts, damit sie Ihnen alle Ehre mache.«

Andreas Certa erhob sich ein wenig auf dem Ellenbogen.

»Meister Samuel sagte er, Sie vergessen mir, wie es scheint, etwas zu sehr, dass ich Ihnen Sarahs Hand mit 100,000 Piastern bezahle.

– Andreas Certa erwiderte der Jude mit lüsternem Grinsen, ich erinnere mich dessen so gut, dass ich jeden Augenblick bereit bin, Ihren Schein gegen klingende Münze einzutauschen.«

Bei diesen Worten zog er ein Papier aus seiner Brieftasche, das Andreas Certa hastig mit der Hand zurückschob.

»So lange Sarah nicht mein Weib ist, hat der Handel keine Gültigkeit, und sie wird es niemals werden, wenn ich sie einem solchen Abenteurer abringen soll! Sie kennen meine Absicht, Samuel, durch die Heirat mit Sarah will ich mich jener Noblesse gleichstellen, die jetzt nur Blicke der Verachtung für mich hat!

– Und das werden Sie erlangen, Andreas, denn sobald Sie verheiratet sind, drängen sich unsere stolzesten Spanier in Ihre Salons!

– Wo war Sarah heute Abend?

– Im mosaischen Tempel mit der alten Ammon.

– Warum lassen Sie Sarah Ihre religiösen Gebräuche mit befolgen? – Ich bin Jude, entgegnete Samuel, und wäre Sarah wohl meine Tochter, wenn sie nicht die Vorschriften meiner Religion erfüllte?‹

Ein gemeiner Mann war es, dieser Jude Samuel.

Mit allem und überall schachernd stammte er in gerader Linie von jenem Judas ab, der seinen Meister um dreißig Silberlinge verriet. In Lima seit zehn Jahren ansässig, wählte er seine Wohnung aus Geschmack und Berechnung am äußersten Ende der Vorstadt San-Lazaro, und ließ sich in die verdächtigsten Spekulationen ein. Später entfaltete er nach und nach einen ungeheuren Luxus; bei seinem verschwenderisch geführten Hauswesen, seiner zahlreichen Dienerschaft und seinen prächtigen Equipagen schrieb man ihm ganz fabelhafte Einkünfte zu.

Als Samuel sich in Lima niederließ, zählte Sarah zehn Jahre. Schon damals eine liebreizende Erscheinung gefiel sie Allen und schien das ganze Ideal des Juden zu sein. Einige Jahre später zog ihre Schönheit alle Blicke auf sich, und man wird es erklärlich finden, dass auch der Mestize Andreas Certa von der jungen Jüdin eingenommen wurde. Was schwierig zu erklären scheint, das ist der Preis von 100.000 Piastern für Sarahs Hand; doch diese Abmachung blieb vorläufig geheim. Übrigens darf es gar nicht auffallen, dass dieser Samuel mit Gefühlen ebenso schacherte, wie mit den Erzeugnissen des Landes. Geldwechsler, Wucherer, Kaufmann, Rheder, fiel es ihm nicht schwer, mit aller Welt Geschäfte zu machen. Die Goelette Annotiation, welche eben diese Nacht bei der Mündung der Rimac zu landen suchte, gehörte dem Juden Samuel.

Trotz dieser vielfachen Geschäftigkeit kam dieser Mann, wie mit angeerbter Pünktlichkeit, den Vorschriften seiner Religion fast abergläubisch nach, und seine Tochter hatte ebenfalls den sorgfältigsten Religionsunterricht genossen.

Als ihm bei obigem Gespräch der Mestize sein Missfallen zu erkennen gegeben hatte, wurde der Greis stumm und nachdenklich. Andreas Certa brach erst nach langer Pause das Stillschweigen mit den Worten:

»Haben Sie denn vergessen, dass die Ursache, weshalb ich Sarah zum Weibe nehme, sie auch nötigen wird, zum Katholizismus überzutreten?

– Sie haben wohl recht, erwiderte traurig Samuel, doch nach dem Worte der Bibel wird Sarah Jüdin bleiben, solange sie meine Tochter ist!«

Jetzt öffnete sich die Tür und der Haushofmeister trat ein.

»Ist der Mörder ergriffen? fragte Samuel.

– Aus allem geht die Wahrscheinlichkeit hervor, dass er tot ist! antwortete der Hofmeister.

– Tot! rief Andreas Certa mit dem Ausdruck der Freude.

– Zwischen uns und einen Trupp Soldaten gedrängt, ist er über das Brückengeländer gesprungen und hat sich in die Rimac gestürzt.

– Wer steht Euch aber dafür, dass er nicht eines der Ufer habe erreichen können? fragte Samuel.

– Der geschmolzene Schnee hat den Fluss gerade jetzt zum reißenden Strome angeschwellt, antwortete der Majordomus. Übrigens hatten wir die beiden Flussufer besetzt, und nirgends ist der Flüchtling wieder zum Vorschein gekommen. Ich habe außerdem noch Wachen aufgestellt, welche die beiden Seiten fortwährend im Auge behalten.

– Desto besser, sagte der Greis, wenn er sein Urteil an sich selbst vollstreckte. Habt Ihr ihn bei seiner Flucht noch erkannt?

– Ganz gut. Es war Martin Paz, der Indianer aus den Bergen.

– Lauerte der Mann Sarah schon seit langer Zeit auf? fragte der Jude.

– Ich weiß es nicht, erwiderte der Majordomus.

– Lassen Sie die alte Ammon kommen.«

Der Majordomus zog sich zurück.

»Diese Indianer, bemerkte der Greis, haben unter sich geheime Verbindungen. Wir müssen wissen, ob die Verfolgungen jenes Mannes schon seit langer Zeit stattgefunden haben.«

Die Duenna trat ein und blieb vor ihrem Herrn stehen.

»Meine Tochter weiß nichts von dem, was gestern Abend vorgefallen ist? fragte Samuel.

– Das kann ich nicht sagen, erwiderte die Duenna; als mich das Geschrei der Diener weckte, lief ich nach dem Zimmer der Señora, die ich fast ohne Bewegung antraf.

– Fahre fort, sagte Samuel.

– Auf meine dringende Frage nach dem Grunde ihrer Beunruhigung wollte mir die Señora nicht antworten; sie hat sich niedergelegt, ohne meine Dienste in Anspruch zu nehmen, und hieß mich gehen.

– Begegnete ihr jener Indianer häufiger auf ihrem Wege?

– Davon weiß ich nichts, Herr! Doch habe ich ihn wiederholt in den Straßen von San-Lazaro gesehen, und gestern Abend kam er auf der Plaza-Mayor der Señora zu Hilfe.

– Ihr zu Hilfe? Und wie das?«

Die Alte erzählte, was sich auf ihrem Heimwege ereignet hatte.

»Was? Meine Tochter wollte mitten unter den Christen niederknieen! rief der Jude außer sich vor Zorn, und von alledem erfahre ich nichts? Du willst also, dass ich Dich aus dem Hause jage?

– Verzeihung, Herr!

– Pack Dich!« erwiderte ihr streng der Greis.

Ganz verwirrt verließ die Alte das Zimmer.

»Sie sehen hieraus, dass wir so schnell als möglich heiraten müssen! begann Andreas Certa. Doch mir ist Ruhe nötig, und ich bitte Sie, mich allein zu lassen.«

Der Greis zog sich auf diese Worte leise zurück. Bevor er aber sein Bett aufsuchte, musste er sich von dem Zustande seiner Tochter überzeugen, und trat vorsichtig in deren Zimmer ein. Sarah lag inmitten reicher seidener Draperien in unruhigem Schlummer. Eine Alabasterlampe, welche von den Arabesken der Decke herabhing, goss ihr mildes Licht hernieder, und das halb offene Fenster ließ die erquickende Nachtluft und den Wohlgeruch der Aloes und Magnolien durch die Rollläden einströmen. Ein kreolischer Luxus sprach aus tausend kleinen Kunstsachen, welche mit feinem Geschmacke auf den reich geschnitzten Etagèren des Zimmers verteilt waren, und bei dem matten Schimmer der Nacht hätte man glauben sollen, dass die Seele des jungen Mädchens sich mitten unter allen diesen Wunderwerken ergötzen müsste.

Der Greis näherte sich Sarahs Lager und beugte sich über sie, um ihren Schlummer zu beobachten. Die junge Jüdin schien von einem quälenden Gedanken gefoltert, und einmal kam auch der Name Martin Paz leise über ihre Lippen.

Samuel schlich nach seinem Zimmer zurück.

Mit den ersten Sonnenstrahlen sprang Sarah eiligst auf. Liberta, ein Neger, der zu ihrer speziellen Bedienung gehörte, eilte zu ihr, seine Befehle zu empfangen, und sattelte ein Maultier für seine Herrin und ein Pferd für sich selbst.

Sarah pflegte häufig in Begleitung des ihr sehr ergebenen Dieners solche Morgenspazierritte zu unternehmen.

Sie legte ein braunes Kleid an nebst einem Kaschmirmantel mit großen Troddeln, bedeckte den Kopf mit breitrandigem Strohhute, unter dem ihre langen schwarzen Flechten hervorhingen, und zündete, um ihre Erregung besser zu verbergen, eine Cigarette von parfümiertem Tabak an.

Sobald sie im Sattel war, verließ sie die Stadt und ritt schnell über das Land auf dem Wege nach Callao zu. Der Hafen zeigte eine auffallende Bewegung. Die Küstenwache hatte während der Nacht mit der Goelette Annonciation zu tun gehabt, deren unentschiedene Manoeuvres eine betrügerische Absicht vermuhten ließen. Die Annonciation schien einige halbverdächtige Boote zu erwarten, doch noch, bevor die Küstenwache sie erreichen konnte, vermochte sie zu entfliehen und den Booten derselben zu entgehen.

Über die Bestimmung dieser Goelette liefen die verschiedensten Gerüchte um. Die Einen meinten, sie führe Truppen aus Columbia und werde sich der Hauptgebäude Callaos zu bemächtigen suchen, um den den Soldaten Bolivars angetanen Schimpf zu rächen, welche aus Peru schmählich vertrieben worden waren. Andere dagegen behaupteten, das Schiff befasse sich einfach mit dem Einpaschen von Wollenwaren aus Europa.

Ohne sich um diese mehr oder weniger begründeten Neuigkeiten zu bekümmern, kehrte Sarah, deren Ritt nach dem Hafen ja nur als Vorwand dienen sollte, nach Lima zurück, das sie nahe den Ufern der Rimac erreichte.

Sie begab sich längs des Flusses hinauf bis zur Brücke. An verschiedenen Stellen des Ufers sah sie da noch mehrfache Ansammlungen von Soldaten und Mestizen.

Liberia hatte dem jungen Mädchen die Ereignisse der vergangenen Nacht mitgeteilt. Auf ihren Wunsch befragte er mehrere über das Geländer gelehnte Soldaten und hörte, dass Martin Paz nicht nur jedenfalls ertrunken sei, sondern dass man auch seinen Leichnam noch nicht aufgefunden habe.

Sarah, welche diese Nachricht tief ergriff, musste alle Kräfte zusammennehmen, sich von ihrem Schmerze nicht überwältigen zu lassen.

Unter den Leuten, die am Ufer hin und her liefen, bemerkte sie auch einen Indianer mit wild erregten Zügen; es war der Sambo, der eine Beute der Verzweiflung zu sein schien.

Als Sarah nahe dem alten Bergbewohner vorüberkam, hörte sie die Worte:

»O Unglück! O Unglück! Sie haben den Sohn des Sambo getötet! Sie haben meinen Sohn getötet!«

Das junge Mädchen wendete sich um und gab Liberia ein Zeichen, ihr zu folgen. Dies Mal begab sie sich, ohne Furcht bemerkt zu werden, nach der Kirche Santa-Anna, überließ ihr Maultier dem Neger und trat in das katholische Gotteshaus ein, wo sie den Pater Joachim rufen ließ. Dann sank sie auf den Steinquadern in die Kniee und verrichtete ein Gebet für Martin Paz' erlöste Seele.

IV.

Jeder Andere, als Martin Paz, wäre wohl in den Fluten der Rimac umgekommen. Um dem Tode zu entgehen, bedurfte es seiner ganz außergewöhnlichen Körperkraft, seines unbesiegbaren Willens und vorzüglich des kalten Blutes, das ein Privilegium der freien Indianer der Neuen Welt zu sein scheint.

Martin Paz wusste recht gut, dass die Soldaten alles aufbieten würden, um ihn unterhalb der Brücke, wo der Strom fast nicht zu passieren war, abzufangen, doch es gelang ihm, alle Hindernisse siegreich zu überwinden. Weiter stromaufwärts bot ihm das Wasser weniger Schwierigkeiten, und er vermochte, noch bevor jemand dahin kam, das Ufer zu erreichen, wo er sich zunächst hinter einem Magnolienbusche verbarg.

Doch was nun beginnen? Die Soldaten konnten sich ja wohl anders besinnen und auch am Flusse stromaufwärts nachsuchen. Martin Paz wäre dann ganz sicher ergriffen worden. Schnell entschlossen kam ihm der Gedanke, nach der Stadt zurückzukehren und sich dort irgendwo zu verbergen.

Um etwaigen Eingeborenen, die sich verspätet hatten, ausweichen zu können, wählte er eine der breitesten Straßen. Doch überall schien es ihm, als ob man ihm auflaure. Er durfte nicht zaudern. Da zeigte sich seinen Blicken ein glänzend erleuchtetes Haus; noch stand der Thorweg desselben weit offen, durch den die Equipagen rasselten, welche die Spitzen der spanischen Aristokratie wieder nach Hause führten.

Ungesehen schlüpfte Martin Paz in das Haus hinein, dessen Pforten sich sehr bald hinter ihm schlossen. Ohne weiter zu überlegen, eilte er eine Treppe von Zedernholz, deren Wände mit kostbaren Tapeten geschmückt waren, hinauf; die Salons des Hauses glänzten noch in einem Lichtmeere, waren aber vollkommen menschenleer; mit der Schnelligkeit eines Blitzes durchlief er dieselben und verbarg sich endlich in einem dunkleren Zimmer.

Bald erloschen die letzten Lichter, und ein tiefes Schweigen senkte sich über das Haus.

Martin Paz bemühte sich nun, seine Umgebung kennenzulernen. Die Fenster dieses Zimmers öffneten sich nach einem inneren Garten; von hier aus erschien ihm eine Flucht ausführbar, und eben wollte er sich hinaus schwingen, als er hinter sich die Worte hörte:

»Senor, Ihr habt vergessen, die Diamanten zu stehlen, die ich auf diesem Tische zurückgelassen hatte!«

Martin Paz wendete sich um. Ein Mann von stolzem Aussehen wies mit dem Finger nach einem Schmuckkästchen.

Tief gekränkt näherte sich der Indianer dem Spanier, der eine unerschütterliche Ruhe bewahrte, zog seinen Dolch, den er gegen sich selber kehrte, und erwiderte:

»Senor, wenn Sie diese Worte wiederholen, so töte ich mich vor Ihren Augen!«

Der erstaunte Spanier betrachtete den Eindringling genauer und fühlte in seinem Herzen eine Art Sympathie für jenen erwachen. Er ging nach dem Fenster, schloss dieses geräuschlos und wendete sich wieder zu dem Indianer, dessen Dolch zur Erde gefallen war.

»Wer sind Sie?« fragte er.

– Der Indianer Martin Paz ... Ich bin von Soldaten verfolgt, weil ich mich gegen einen Mestizen, der mich angriff, wehrte und ihn mit einem Dolchstoße niederwarf. Jener Mestize ist der Verlobte eines Mädchens, das ich liebe. Und jetzt, Señor, können Sie mich meinen Feinden ausliefern, wenn es Ihnen gut dünkt!

– Herr erwiderte einfach der Spanier, morgen reise ich nach den Bädern von Chorillos. Ist es Ihnen recht, mich zu begleiten, so werden Sie augenblicklich vor jeder Verfolgung gesichert sein und sich niemals über die Gastfreundschaft des Marquis Don Vegal zu beklagen haben!«

Martin Paz verbeugte sich kühl.

»Bis morgen können Sie wohl auf diesem Ruhebette übernachten, fuhr Don Vegal fort. Kein Mensch wird Ihre Zuflucht verraten.«

Der Spanier verließ das Gemach und den Indianer in seiner Erregung über solch edelmütiges Zutrauen; dann aber legte sich Martin Paz im Vertrauen auf den Schutz des Marquis nieder und schlief sorgenlos ein.

Am anderen Tage traf der Marquis mit Sonnenaufgang die letzten Anordnungen zu seiner Abreise und ließ den Juden Samuel zu sich rufen; vorher jedoch begab er sich nach der Frühmesse.

Es war das eine von der gesamten peruanischen Aristokratie beobachtete Gewohnheit. Von der Zeit seiner Gründung an war Lima eine wesentlich katholische Stadt; außer ihren zahlreichen Kirchen besaß sie noch zweiundzwanzig Convente, siebenzehn Klöster und vier Asyle für Frauen, welche kein Gelübde ablegten. Zu jeder dieser Anstalten gehörte eine Kapelle, sodass in Lima mehr als hundert dem Gottesdienste gewidmete Gebäude vorhanden waren, in denen achthundert Weltgeistliche oder Ordensbrüder und dreihundert Klosterfrauen, Laienbrüder und Schwestern den heiligen Handlungen oblagen.

Als Don Vegal Santa-Anna betrat, bemerkte er ein betendes und in Tränen schwimmendes Mädchen auf den Knien liegen. Nicht ohne Rührung vermochte der Marquis ihren Schmerz zu sehen, und wollte eben einige wohlwollende Worte an sie richten, als der Pater Joachim dazu kam und ihm mit leiser Stimme zuflüsterte:

»Don Vegal, um Gottes Barmherzigkeit willen, nähern Sie sich ihr nicht!«

Dann winkte der Priester Sarah, die ihm in eine halbdunkle und verlassene Kapelle folgte.

Don Vegal begab sich nach dem Altare und hörte andächtig die Messe; als er zurückkehrte, dachte er unwillkürlich an jenes junge Mädchen, deren Bild sich ihm tief eingeprägt hatte.

Im Salon fand der Marquis den Juden Samuel, der auf seine Veranlassung gekommen war. Samuel schien die Ereignisse der Nacht vergessen zu haben. Die Hoffnung auf Gewinn belebte seine Züge.

»Was wünschen Ew. Gnaden? fragte er den Spanier.

– Ich brauche binnen einer Stunde 30,000 Piaster.

– Dreißigtausend Piaster! ... Wer hat so viel im Besitz? ... Beim heiligen König David, Señor, ich bin mehr in Verlegenheit, diese aufzutreiben, als Euer Gnaden das wohl glauben.

– Hier sind einige Schmuckkästchen von hohem Werte, fuhr Don Vegal fort, ohne sich um die Einrede des Juden zu kümmern. Außerdem verkaufe ich Euch zu billigem Preise ein tüchtiges Stück Land bei Cusco ...

– O, Señor! rief der Jude, die Ländereien richten uns noch zugrunde. Es fehlen die Hände, sie zu bebauen. Die Indianer ziehen sich in die Berge zurück, und die Ernten bezahlen kaum die darauf verwendeten Kosten.

– Wie hoch schätzt Ihr diese Diamanten?« fragte der Marquis.

Samuel zog eine kleine Juwelenwaage aus der Tasche und wog die Edelsteine mit peinlichster Genauigkeit. Dazwischen sprach er, seiner Gewohnheit gemäß, halblaut vor sich hin und berechnete den Werth des Pfandes weit unter dem wirklichen Werte.

»Diamanten! ... Schlechte Kapitalanlage! ... Was bringen sie ein? ... Da tut man besser, sein Geld zu vergraben! ... Wollen Sie bemerken, Señor, dass dieser hier nicht von tadellos reinem Wasser ist ... Wissen Sie auch, dass es mir unmöglich ist, diese kostbaren Geschmeide einigermaßen vorteilhaft an den Mann zu bringen? Ich muss sie bis nach den Vereinigten Staaten senden. Die Amerikaner nehmen sie mir wohl ab, doch nur, um sie den Söhnen Albions wieder zu verkaufen. Sie verlangen mit Recht hohe Kommissionsgebühren, welche natürlich mir zur Last fallen ... Ich denke, mit 10,000 Piaster werden Ew. Gnaden hierfür zufrieden sein! ... Ich weiß, es ist wenig, aber ...

– Habe ich schon gesagt, fiel der Spanier mit verächtlicher Miene ein, dass mir 10,000 Piaster nicht genügten?

– Señor, ich könnte auch keinen halben Realen mehr darauf legen.

– Nehmt die Juwelen und stellt mir sofort die Summe zu. Um die 30,000 Piaster, die ich brauche, voll zu machen, nehmt Ihr eine Hypothek auf dieses Haus ... Erscheint sie Euch gesichert?

– Ah, Señor, in dieser von Erdbeben so oft heimgesuchten Stadt weiß man nicht, wer da lebt oder stirbt, noch wer stehen bleibt oder fällt!«

Bei diesen Worten trat Samuel wiederholt stärker mit den Fersen auf, wie um den getäfelten Fußboden auf seine Haltbarkeit zu prüfen.

»Doch, um Ew. Gnaden zu Diensten zu sein, fuhr er fort, will ich mein Möglichstes tun, obwohl ich gerade jetzt darauf halten muss, mich nicht zu sehr auszugeben, weil ich meine Tochter eben an den Kavalier Andreas Certa verheirate ... Sie kennen diesen, Señor?

– Ich kenne ihn nicht und ersuche Euch nur, mir die stipulierte Summe zu senden. Nehmt die Kästchen mit fort.

– Wünschen Sie einen Empfangsschein?« fragte der Jude.

Don Vegal antwortete gar nicht und begab sich nach dem anstoßenden Zimmer.

»Hochmütiger Spanier murmelte Samuel zwischen den Zähnen, Deine Unverschämtheit werde ich Dir noch ebenso entgelten lassen, wie ich Deine Reichtümer verschlinge. Beim heiligen Salomon! Ich bin ein geschickter Mann, da meine Interessen und meine Gefühle übereinstimmen!«

Als Don Vegal den Juden verließ, fand er Martin Paz in tiefer Niedergeschlagenheit.

»Was fehlt Ihnen? fragte er teilnehmend.

– Señor, die Tochter dieses Juden ist es, die ich liebe!

– Eine Jüdin!« rief Don Vegal mit einem Gefühle des Widerstrebens, das er nicht zu bemeistern vermochte.

Doch da er den Kummer des Indianers sah, fügte er hinzu:

»Wir wollen jetzt abreisen, Freund, und darüber später reden!«

Eine halbe Stunde darauf verließ Martin Paz in fremder Kleidung und begleitet von Don Vegal, der sonst keinen seiner Leute mitnahm, die Stadt.

Die Seebäder von Chorillos liegen nur zwei Stunden von Lima entfernt. Dieses indianische Kirchspiel besitzt ein hübsches Gotteshaus und ist während der Sommersaison das Rendezvous der eleganten Welt aus Lima. Die öffentlichen Spielhäuser, welche in der Stadt untersagt sind, bleiben hier während der ganzen Badesaison geöffnet. Die Señoras geben sich dem Hazard mit unbeschreiblichem Eifer hin, und mehr als ein reicher Kavalier hat vor diesen reizenden Gegnerinnen sein Vermögen binnen einigen Nächten verschwinden sehen.

Noch war Chorillos wenig von Badegästen besucht. So konnten auch Don Vegal und Martin Paz unter Betrachtung der unendlichen Wasserflächen des Pazifischen Ozeanes ruhig in einem am Meeresstrande gelegenen Sommerhäuschen wohnen.

Marquis Don Vegal, der Spross einer der ältesten spanischen Familien Perus, sah mit seiner Person die ahnenreiche Linie, auf die er mit Recht stolz war, erlöschen. Seinem Gesichte hatten sich die Spuren tiefer Traurigkeit eingegraben. Nachdem auch er sich eine Zeit lang mit Politik beschäftigt, hatte ihn ein unaussprechlicher Widerwille gegen die ewigen, nur im Interesse einzelner ehrgeiziger Persönlichkeiten ins Werk gesetzten Revolutionen erfasst, und er sich in eine Art Einsamkeit zurückgezogen, die nur die unausweichlichen Pflichten seiner gesellschaftlichen Stellung sehr selten unterbrachen.

Sein früher ungeheurer Reichtum schwand von Tag zu Tag. Die Vernachlässigung seiner Güter in Folge Mangels an Arbeitskräften nötigte ihn zu hochverzinslichen Anleihen; doch das drohende Gespenst des vollkommenen Ruins erschreckte ihn nicht. Die der spanischen Rasse so eigene Sorglosigkeit, verbunden mit der Langenweile eines zwecklosen Lebens, hatten ihn gegen die trübe Zukunft ganz unempfindlich gemacht. Früher Gatte einer angebeteten Frau und Vater eines reizenden kleinen Mädchens entriss ihm eine schreckliche Katastrophe diese beiden Kleinode seines Herzens. Später hatte er, der vornehmen Spanier, zu denen ihm das Vertrauen fehlte, müde und abgestoßen von dem hochfahrenden Wesen der Mestizen, ein Vergnügen daran gefunden, sich der primitiven Rasse zu nähern, welche einst den amerikanischen Boden so ausdauernd gegen die Schaaren Pizarros verteidigte.

Nach den Berichten, die dem Marquis zugingen, galt der Indianer in Lima für tot; Don Vegal, der Martin Paz' Annäherung an eine Jüdin für noch weit schlimmer hielt, als den Tod, entschloss sich, jenen zweifach zu retten, indem er erst die Heirat Andreas Certas mit der Tochter Samuels sich vollziehen lassen wollte.

Und während eine nie schwindende Trauer in Martin Paz' Herzen wohnte, vermied der Marquis ängstlich jede Anspielung auf die Vergangenheit und suchte den jungen Indianer durch völlig gleichgültige Sachen zu unterhalten.

Eines Tages jedoch sprach Don Vegal von Kummer befangen:

»Warum, mein Freund, soll Ihre edle Natur eines so gewöhnlichen Gefühls wegen ersticken? Ist Ihr Vorfahr nicht auch jener kühne Manco-Capac, dessen Patriotismus ihm eine Stellung unter den gefeierten Helden sicherte? Welch' schöne Rolle könnte nicht ein Mann spielen, der sich von keiner unwürdigen Leidenschaft lähmen lässt! Treibt es Sie denn gar nicht, einst Ihre Unabhängigkeit wieder zu erstreiten?

– Daran arbeiten wir, Senor, und vielleicht ist der Tag der allgemeinen Schilderhebung nicht mehr so fern.

– Ich verstehe; Sie sprechen von jenem geheimen Kriege, den Ihre Brüder in den Bergen vorbereiten. Auf ein verabredetes Zeichen werden sie, die Waffen in der Hand, zur Stadt herniedersteigen, und – ebenso besiegt werden, wie früher stets! Seht Ihr denn nicht, wie Eure Interessen durch jene fortwährenden Revolutionen, deren Schauplatz das unglückliche Peru ist, geschädigt, und der ganze Nutzen jener Empörungen, welche Indianer und Spanier verderben, nur den Mestizen zufallen wird!

– Wir werden unser Vaterland retten! sagte lebhaft Martin Paz.

– Ja, wenn Ihr die Euch zugefallene Aufgabe richtig erfasst! antwortete Don Vegal. Hören Sie mich an, der Sie fast wie einen Sohn liebt. Ich gestehe es mit Schmerzen, doch wir Spanier, die entarteten Nachkommen eines mächtigen Volkes, sind nicht imstande, einen Staat wieder aufzurichten. An Euch ist es, über diesen verderblichen Amerikanismus zu siegen, der jeden ausländischen Kolonisten von uns fernzuhalten strebt. O merkt es Euch: Nur eine europäische Einwanderung vermag das alte Peru noch zu retten. Anstelle des Bürgerkrieges, den Ihr vorbereitet, und der alle Kasten, mit Ausnahme einer einzigen, von der Herrschaft auszuschließen sucht, reicht lieber entgegenkommend der fleißigen Bevölkerung der Alten Welt die Hände!

- Die Indianer, Señor, werden in jedem Fremden, wer er auch sei, einen Feind sehen, und niemals leiden, dass man ungestraft die Luft ihrer Berge atme. Die Herrschaft, welche ich jetzt über sie ausübe, wird an dem Tage ohnmächtig sein, wo ich nicht den Tod ihrer Unterdrücker schwüre. - Und doch? - Was bin ich jetzt? fügte Martin Paz sehr bekümmert hinzu. Ein Flüchtling, der in den Straßen Limas nicht drei Stunden lang zu leben hätte!

- Sie müssen mir versprechen, Freund, nach Lima nie zurückzukehren.

- O kann ich das, Don Vegal? Aus meinem Herzen käme dieses Versprechen nicht.«

Don Vegal versank in Gedanken. Die Leidenschaft des jungen Indianers wuchs von Tag zutage. Der Marquis fürchtete, dass er einem gewissen Tode entgegengehe, wenn jener sich in Lima wieder blicken ließe ... Er vereinigte alle Wünsche und all' seinen Einfluss in dem einen Ziele, die Heirat der Jüdin zu beschleunigen.

Um sich selbst von dem Stande der Angelegenheit zu überzeugen, verließ er eines Morgens Chorillos und begab sich nach der Stadt. Dort vernahm er, dass Andreas Certa von seiner Wunde wieder vollkommen genesen war und seine bevorstehende Hochzeit den Gegenstand jeder Unterhaltung bildete.

Don Vegal wollte das junge Mädchen, das Martin Paz so bezaubert hatte, kennenlernen. Er suchte also gegen Abend die Plaza-Mayor auf, wo eine zahlreiche Menge lustwandelte. Dort begegnete er dem Pater Joachim, seinem langjährigen Freunde. Wie erstaunte der Priester, als ihm der Marquis von der Rettung Martin Paz' Mitteilung machte, mit welchem Eifer versprach er, über den jungen Indianer zu wachen, und dem Marquis alle Neuigkeiten, die ihm von Interesse sein könnten, zu übermitteln.

Plötzlich fielen Don Vegals Blicke auf eine junge, von einer schwarzen Mantilla verhüllte Dame, welche malerisch in einem Wagen lehnte.

»Wer ist diese schöne Dame? fragte er den Pater Joachim.

- Das ist Andreas Certas Braut, die Tochter des Juden Samuel.

- Sie? Die Tochter des Juden!«

Kaum vermochte der Marquis sein Erstaunen zu verbergen. Hastig drückte er des Priesters Hände und schlug den Weg nach Chorillos wieder ein.

Sein Erstaunen wird erklärlich, denn er hatte in der, die man für eine Jüdin ansah, das junge Mädchen wieder erkannt, die er wenige Tage vorher in der Kirche Santa-Anna betend antraf.

V.

Nach Vertreibung der kolumbischen Truppen aus dem unteren Peru erfreute sich das bisher immer von Militärrevolutionen erschütterte Land einer verhältnismäßigen Ruhe. Der Ehrgeiz Einzelner trat nicht mehr so rücksichtslos zutage, und der Präsident schien in seinem Palaste am Plaza-Mayor unerschütterlich zu residieren. Von dieser Seite war demnach nichts zu fürchten, doch die wirkliche und naheliegende Gefahr drohte nicht durch jene Revolutionen, welche ebenso schnell erstickt wurden, wie sie aufflackerten, und die dem Geschmacke der Amerikaner an militärischen Paraden zu entsprechen schienen.

Die eigentliche Gefahr entging den Spaniern, welche zu hoch standen, um sie wahrzunehmen, und der Aufmerksamkeit der Mestizen ebenso, da diese niemals unter sich blicken wollten.

Und doch war unter den Indianern der Stadt, die oft mit denen aus den Bergen zusammenkamen, eine auffallende Bewegung. Diese Leute schienen ihre gewohnte Apathie ganz verloren zu haben. Statt sich in ihren Poncho zu hüllen und sich im Nichtstun auf der Erde auszustrecken, verbreiteten sie sich über das Land, hielten einander an, gaben sich eigentümliche, geheime Zeichen und versammelten sich in den am wenigsten besuchten Gasthäusern, wo sie sich ohne Gefahr aussprechen konnten.

Diese besondere Bewegung war vorzüglich auf einem der entlegensten Plätze der Stadt zu beobachten. In der einen Ecke dieses Platzes erhob sich ein nur aus dem Erdgeschoss bestehendes Haus, dessen erbärmliche Erscheinung die Blicke verletzte.

Es war das eine von einer alten Indianerin gehaltene Taverne niedrigsten Grades, welche ihren Kunden, aus den untersten Schichten des Volkes, Bier aus gegorenem Mais und ein aus Zuckerrohr bereitetes Getränk bot.

Die Indianer sammelten sich auf diesem Platze nur zu bestimmten Stunden, wenn sich eine lange Stange als Signal auf dem Dache jenes Hauses erhob. Dann traten Eingeborene jeder Profession, Pfadfinder, Maultiertreiber, Wagenführer usw., Einer nach dem Anderen ein, und verschwanden sofort in dem größten Zimmer des Hauses. Die Wirtin schien ganz besonders beschäftigt, überließ der Dienerin die Besorgung der gewöhnlichen Gaststube und eilte, bei jenen selbst aufzuwarten.

Einige Tage nach dem Verschwinden Martin Paz' versammelte sich in dem Saale der Herberge eine zahlreiche Gesellschaft. Kaum vermochte man in dem Halbdunkel, das die Tabakswolken noch undurchdringlicher machten, die Stammgäste der Schenke zu unterscheiden. Gegen fünfzig Indianer saßen um einen langen Tisch; die Einen derselben kauten eine Art Teeblätter, welche mit ein wenig wohlriechender Erde vermischt waren, die Anderen tranken aus großen Gefäßen den gegorenen Mais; diese Beschäftigungen zerstreuten sie aber keineswegs, und alle hörten aufmerksam der Rede eines Indianers zu.

Der Sambo, dessen Blicke eine eigentümliche Starrheit zeigten, hatte eben gesprochen.

Nachdem er seine Zuhörer sorgfältig gemustert, fuhr Sambo in seiner Rede fort:

»Die Söhne der Sonne können jetzt von ihrer Angelegenheit sprechen; kein verräterisches Ohr vermag sie zu belauschen. Einige unserer Freunde leiten als Straßensänger verkleidet die Aufmerksamkeit der Vorübergehenden ab, und wir genießen hier einer vollkommenen Freiheit!«

Wirklich klangen die Töne einer Mandoline von draußen herein.

Die Indianer in der Schenke, welche sich in Sicherheit wussten, widmeten den Worten des Sambo, dem sie blindlings vertrauten, die größte Aufmerksamkeit.

»Was kann uns der Sambo Neues mitteilen über Martin Paz? fragte ein Indianer.

– Noch nichts. Ist er tot oder nicht? ... Das kann nur der große Geist allein wissen. Ich erwarte einige unserer Brüder, welche bis zur Mündung des Flusses hinabgegangen sind. Vielleicht haben sie den Körper Martin Paz' gefunden!

– Er war ein wackerer Häuptling! sagte Manangani, ein wilder und sehr gefürchteter Indianer. Weshalb war er aber nicht auf seinem Posten an dem Tage, als die Goelette uns die Waffen brachte?«

Der Sambo antwortete nicht, sondern senkte den Kopf.

»Ist es meinen Brüdern unbekannt, fuhr Manangani fort, dass zwischen der Annonciation und der Hafenwache Schüsse gewechselt worden sind, und dass die Wegnahme des Fahrzeuges beinahe alle unsere Pläne zunichtegemacht hatte?«

Ein beifälliges Murmeln folgte den Worten des Indianers.

»Diejenigen meiner Brüder, welche mit ihrem Urteile nicht zu rasch sein wollen, werden mir willkommen sein! erwiderte der Sambo. Wer weiß, ob mein Sohn Martin Paz nicht eines Tages wiederkehren wird! ...

Vernehmt jetzt: Die Waffen, welche uns von Sechura gesandt wurden, sind in unserer Gewalt, sie sind in den Bergen der Kordilleren verborgen und zum Gebrauche fertig, wenn Ihr bereit sein werdet, Eure Pflicht zu tun!

– Und wer hält uns zurück? rief ein junger Indianer. Unsere Messer sind geschliffen, wir erwarten das Losungswort.

– Lasst die Stunde herankommen, entgegnete der Sambo. Wissen meine Brüder, welche unserer Feinde ihre Arme zuerst treffen sollen?

– Die Mestizen, welche uns wie Sklaven behandeln, sagte einer der Nebenstehenden, jene Unverschämten, die uns mit der Hand und der Peitsche züchtigen, wie widerspenstige Maultiere!

– Nein, antwortete ein Anderer, die Wucherer, welche alle Reichtümer des Landes an sich ziehen.

– Ihr täuscht Euch, Eure ersten Angriffe müssen nach anderer Seite gerichtet sein, fiel der Sambo lebhafter ein. Diese Menschen sind es nicht, welche es vor dreihundert Jahren gewagt haben, den Fuß auf das Land unserer Vorfahren zu setzen. Diese reichen Käuze sind es nicht, welche den Sohn Manco-Capacs ins Grab geschleppt haben. Nein! Das waren die hochmütigen Spanier, die eigentlichen Sieger, deren Sklaven Ihr seid. Wenn sie jetzt keine Reichtümer besitzen, so haben sie doch die Gewalt, und trotz der peruanischen Emanzipation treten sie unsere Rechte mit Füßen. Vergessen wir also, was wir sind, um uns zu erinnern, was unsere Väter waren!

– Ja, ja!« riefen alle und trommelten beistimmend mit den Füßen.

Nach wenigen Minuten des Schweigens versicherte sich Sambo durch Nachfragen bei mehreren Mitverschworenen, dass ihre Freunde in Cuzco und ganz Bolivia bereit waren, sich wie ein Mann zu erheben.

Dann fuhr er feuriger fort:

»Und unsere Brüder in den Bergen, wackerer Manangani, wenn ihr Herz von Hass erfüllt ist, gleich dem Deinen, mit einem Mute gleich dem Deinen, werden sie nicht aus den Höhen der Kordilleren wie eine Lawine über Lima herfallen?

– Der Sambo wird sich an dem bestimmten Tage über ihre Unerschrockenheit nicht zu beklagen haben, antwortete Manangani. Wenn der Sambo die Stadt verlässt, soll er nicht weit zu gehen haben, ohne ringsum rachedurstende Indianer sich erheben zu sehen. In den Schluchten von San-Cristoval und der Amancaës deckt mehr als Einen der Poncho, den Dolch im Gürtel, der nur darauf wartet, dass seiner Hand ein Gewehr anvertraut werde! Auch diese haben es nicht vergessen, dass sie die Niederlage Manco-Capacs an jenen Spaniern zu rächen haben.

– Gut, Manangani, erwiderte der Sambo. Das ist der Gott des Hasses, der aus Deinem Munde spricht! Meine Brüder werden bald erfahren, wen ihre Häuptlinge ausgewählt haben. Der Präsident Gambarra sucht sich mit allen Mitteln in seiner Machtstellung zu befestigen; Bolivar ist fern; Santa-Cruz ist vertrieben. Es winkt uns ein sicherer Erfolg. In einigen Tagen ruft das Fest der Amancaes unsere Unterdrücker zur Freude. Jeder halte sich also zum Aufbruche bereit und verkündige diese Nachricht bis nach den entferntesten Dörfern Bolivias!«

Da traten drei Indianer in den Versammlungsraum ein.

Der Sambo ging ihnen rasch entgegen.

»Nun, wie steht's? fragte er sie.

– Der Leichnam des Martin Paz ist nicht wieder zu finden gewesen. Wir haben das Ufer aufs Genaueste durchsucht, unsere geschicktesten Taucher haben getan, was möglich war, und wir sind der Meinung, dass der Sohn des Sambo rettungslos verloren ist.

– Sie haben ihn getötet! Aber wo ist er hingekommen? Wehe denen, die mir den Sohn gemordet haben! ... Meine Brüder mögen schweigend auseinandergehen! Jeder begebe sich auf seinen Posten, jeder wache und warte!«

Die Indianer verließen den Saal und zerstreuten sich. Der Sambo blieb mit Manangani allein zurück.

»Weiß der Sambo, fragte Letzterer, welches Gefühl an jenem Abende seinen Sohn nach San-Lazaro trieb? Ist der Sambo seines Sohnes auch ganz sicher?«

Ein Blitz funkelte in den Augen des Indianers. Manangani trat einen Schritt zurück.

Doch der Indianer bezwang sich und sagte:

»Wenn Martin Paz seine Brüder verriete, töte ich zuerst alle diejenigen, denen er seine Freundschaft geschenkt hat, alle die, welche er liebt. Dann trifft ihn mein Dolch, und zuletzt mich selbst, um unter der Sonne keinen aus einem entehrten Geschlechte mehr wandeln zu lassen.«

In diesem Augenblicke öffnete die Wirtin die Tür des Saales und übergab dem Sambo ein an diesen gerichtetes Billett.

»Wer hat Euch das gegeben? fragte er.

- Ich weiß es nicht, antwortete die Wirtin. Es muss von einem Gaste absichtlich zurückgelassen worden sein, denn ich fand es auf dem Tische.

- Es sind doch nur Indianer hierher gekommen?

- Nur Indianer.«

Die Wirtin trat ab. Der Sambo entfaltete das Papier und las mit lauter Stimme:

»Ein junges Mädchen betet für Martin Paz, denn sie vergisst den Indianer nicht, der sein Leben für sie gewagt hat. Wenn der Sambo etwas von seinem Sohne erfährt, oder noch Hoffnung hat, ihn wieder zu finden, so trage er ein rotes Tuch um den Arm. Es gibt Augen, die ihn tagtäglich vorüberkommen sehen.«

Der Sambo zerknitterte das Billett.

»Der Unselige, sagte er, hat sich von den Augen eines Weibes fangen lassen!

- Wer mag sie sein?

- Eine Indianerin ist es nicht, antwortete der Sambo, der das Billett betrachtete. Das ist eine junge vornehme Dame ... O Martin Paz, ich erkenne Dich nicht mehr!

- Werdet Ihr tun, um was das Weib Euch bittet?

- Nimmermehr, erwiderte heftig der Indianer. Möge sie jede Hoffnung verlieren, meinen Sohn je wieder zu sehen, und daran zugrunde gehen!«

Wütend riss der Sambo das Briefchen in Stücke. »Und doch muss ein Indianer dieses Billett gebracht haben, bemerkte Manangani.

- O, es kann von den Unserigen Keiner gewesen sein. Er wird gewusst haben, dass ich häufiger in diese Schenke komme, in die ich nun keinen Fuß mehr setzen werde. Mein Bruder, kehre in die Berge zurück, ich werde zur Wache in der Stadt bleiben. Wir werden sehen, ob das Fest der Amancaes ein Freudentag für die Unterdrücker oder für die Unterdrückten werden wird.«

Die beiden Indianer trennten sich.

Der Plan der Empörung war festgestellt und die Stunde zur Ausführung gut gewählt. Peru, damals fast ganz entvölkert, zählte nur noch wenige Spanier und Mestizen. Der Einbruch der Indianer, die aus den Wäldern Brasiliens ebenso hervorströmten, wie aus den Bergen Chilis und den Ebenen La Platas, musste auf dem Schauplätze der Empörung ein furchtbares Heer zusammenführen. Waren die größten Städte, wie Lima, Cusco, Puno, nur einmal zerstört, so hatte man nicht zu befürchten, dass die Truppen Columbias, die kurz vorher erst aus Peru vertrieben worden waren, ihren Feinden in der Gefahr zu Hilfe kommen würden.

Der gesellschaftliche Umsturz musste gelingen, wenn das Geheimnis in den Herzen der Indianer bewahrt blieb, und sicher zählten diese keine Verräter unter sich.

Sie wussten aber nicht, dass ein Mann beim Präsidenten Gambarra eine Privataudienz erhalten hatte; wussten nicht, dass jener Mann demselben mitteilte, dass die Goelette Annonciation auf Piroguen der Indianer Waffen aller Art an der Mündung der Rimac gelandet hatte. Der Mann beanspruchte eine hohe Belohnung für den Dienst, den er der peruanischen Regierung durch Hinterbringung dieser Tatsachen leistete.

Dieser Verräter spielte auch ein doppeltes Spiel.

Nachdem er sein Schiff den Agenten des Sambo für einen hohen Preis vermietet hatte, wollte er das Geheimnis der Verschworenen dem Präsidenten verkaufen.

Man erkennt schon aus diesen Zügen den Juden Samuel.

VI.

Nachdem Andreas Certa vollkommen wieder hergestellt war und Martin Paz tot glaubte, betrieb er seine Hochzeit mit allen Kräften. Es drängte ihn, mit der jungen und schönen Jüdin durch die Straßen Limas zu lustwandeln.

Sarah zeigte ihm dagegen die auffallendste Gleichgültigkeit; doch jener beachtete das nicht; seine Augen sahen das Mädchen nur wie eine teure Ware an, die er mit 100,000 Piastern bezahlte.

Es muss hierbei bemerkt werden, dass Andreas Certa dem Juden nicht traute, und das mit vollem Rechte. War schon der Kontrakt wenig ehrenhaft, so waren es die Kontrahenten noch weniger. Der Mestize wollte eines Tages mit Samuel im Geheimen sprechen, und führte ihn deshalb nach Chorillos. Übrigens kam es dem Mestizen nicht ungelegen, vor seiner Hochzeit noch einmal das Glück im Spiel zu versuchen.

Einige Tage nach Ankunft des Marquis Don Vegal waren die Spielhäuser eröffnet worden, und von dieser Zeit ab belebte sich die Straße nach und von Lima. Die Einen kamen zu Fuß, und kehrten im prächtigen Wagen zurück; die Anderen verloren die letzten Reste ihres Vermögens.

Don Vegal und Martin Paz nahmen an derartigen Vergnügungen niemals Teil; wenn der junge Indianer seine Nächte schlaflos zubrachte, so hatte das edlere Gründe.

Kam er des Abends mit dem Marquis vom Spaziergange nach Hause, so schloss er sich in sein Zimmer ein, lehnte sich in das Fenster und verweilte manche lange Stunde in tiefen Gedanken.

Don Vegal erinnerte sich wohl immer der Tochter Samuels, die er im katholischen Gotteshause beim Gebete getroffen hatte, doch er wagte nicht, Martin Paz dieses sein Geheimnis mitzuteilen, obwohl er ihn nach und nach in den christlichen Heilswahrheiten unterrichtete. Er fürchtete, in seinem Herzen die Gefühle eher wieder anzufachen, die er zu verlöschen bemüht war, und doch musste der geächtete Indianer ja alle Hoffnung aufgeben, Sarah jemals die Seine zu nennen. Inzwischen wurde der Vorfall, bei dem Martin Paz so hervorragend beteiligt war, nach und nach vergessen, und mit der Zeit und unter dem Einflusse seines Beschützers konnte der Indianer hoffen, dereinst noch eine gewisse Stellung in der peruanischen Gesellschaft einzunehmen.

Doch, der halb verzweifelte Martin Paz vermochte seine Sehnsucht nicht zu unterdrücken, zu wissen, was aus der jungen Jüdin geworden sei. Dank seiner spanischen Kleider konnte er sich wohl unter die Gesellschaft in einem Spielsaale mischen und den Gesprächen der Gäste lauschen. Andreas Certa war eine zu sehr stadtbekannte Persönlichkeit, als dass seine Hochzeit, wenn sie nahe bevorstand, nicht hätte in aller Munde sein sollen.

Eines Abends also wendete sich der Indianer, statt nach der Meeresküste zu, nach den hohen Felsen, auf denen die Hauptgebäude von Chorillos lagen, und betrat eines der Häuser, zu dem eine breite steinerne Treppe hinaufführte.

Das war das Spielhaus. Für mehr als einen Limenser war der Tag ungünstig gewesen. Einige ruhten, von den Anstrengungen der vergangenen Nacht ermüdet, in ihren Poncho gehüllt, auf der Erde. Andere saßen vor einem großen mit grünem Tuche bedeckten Tische, den zwei sich rechtwinkelig schneidende Linien in vier Felder teilten. Auf jeder der Abteilungen befanden sich die ersten Buchstaben der Worte azar und suerte (Zufall und Schicksal), A und S. Die Spieler setzten auf einen der beiden Buchstaben, der Banquier hielt dieselben Einsätze dagegen und schüttete zwei Würfel auf den Tisch, deren Augen den Gewinnst oder Verlust von A und S ergaben.

Gerade jetzt gestaltete sich das Spiel sehr lebhaft. Ein Mestize suchte sein unglückliches Spiel mit aller Gewalt wieder auszuwetzen.

»Zweitausend Piaster!« rief er.

Der Banquier würfelte, und dem Spieler entfuhr ein leiser Fluch.

»Viertausend Piaster!« rief er von Neuem.

Er verlor auch diese.

Martin Paz konnte, vom Halbdunkel des Saales geschützt, dem Spieler ins Gesicht sehen.

Es war Andreas Certa.

Dicht neben ihm stand der Jude Samuel.

»Sie haben genug gespielt, Señor, sagte Samuel; das Glück lächelt Ihnen heute nicht.

»Was kümmert das Sie!« antwortete auffahrend der Mestize.

Samuel neigte sich zu seinem Ohre.

»Wenn es auch mich nichts angeht, sagte er, so sollten Sie doch in den letzten Tagen vor Ihrer Hochzeit dieser Gewohnheit nicht frönen!

»Achttausend Piaster!« lautete Andreas Certas einzige Antwort, wobei er jene Summe auf S setzte.

Das A gewann. Der Mestize stieß eine leichte Verwünschung aus. Der Bankhalter fuhr fort:

»Wollen Sie pointieren, meine Herren!«

Andreas Certa zog einen Haufen Papiergeld aus der Tasche und wollte eine sehr beträchtliche Summe wagen; er legte sie auf eines der Felder, und schon wollte der Bankhalter die Würfel rollen lassen, als ihn ein Zeichen Samuels einhalten ließ. Nochmals neigte sich dieser zu dem Ohre des Mestizen und sagte:

»Wenn Ihnen nichts übrig bleibt, unsern Handel abzuschließen, so zerfällt alles!«

Andreas Certa zuckte mit den Schultern; doch nahm er sein Geld zurück und verließ wütend den Saal.

»Fahren Sie nun fort, sagte Samuel zu dem Bankhalter. Jenen Señor werden Sie nach seiner Hochzeit noch zeitig genug ruinieren!«

Der Banquier verbeugte sich, denn der Jude war der Gründer und Eigentümer der Spiele in Chorillos. Überall, wo es einen Real zu gewinnen gab, traf man auf diesen Mann.

Samuel folgte dem Mestizen, und als er ihn auf dem steinernen Vorplatze fand, sagte er zu ihm: »Ich habe Ihnen noch ungemein wichtige Dinge mitzuteilen. Wo können wir in Sicherheit reden?

– Wo Sie wollen! antwortete kurz Andreas Certa.

– Senor lassen Sie sich von Ihrer üblen Laune die Zukunft nicht verderben! Ich vertraue mich nicht den dichtverschlossensten Zimmern an, nicht der Einöde, um Ihnen mein Geheimnis zu verraten. Was Sie mir teuer bezahlen, verdient auch vorsichtig behütet zu sein!«

Mit diesen Worten waren die beiden Männer bis nach dem Strande zu den für die Sommergäste bestimmten Badehütten gekommen. Sie bemerkten nicht, dass sie von Martin Paz, der ihnen im Dunkeln wie eine Schlange nachglitt, gesehen und gehört wurden.

»Nehmen wir ein Boot, schlug Andreas Certa vor, und rudern ins offene Meer hinaus.«

Mit diesen Worten löste er ein kleines Fahrzeug vom Ufer und warf dem Wächter desselben einige Geldstücke zu. Samuel stieg mit ihm ein, und der Mestize stieß das Boot ab.

Sobald aber Martin Paz das Kanu sich entfernen sah, entkleidete er sich, hinter einem Felsenvorsprunge verborgen, eiligst, behielt nur einen Gürtel um mit dem Dolche darin, und schwamm rasch dem Fahrzeuge nach.

Eben erloschen die letzten Strahlen der Sonne im Pazifischen Ozeane, und schweigend verhüllten feine Nebelmassen den Himmel und das Meer.

Martin Paz hatte nicht einmal bedacht, dass an den Stellen, wo sich der Meeresboden tiefer senkte, Haifische der gefährlichsten Art sich umhertummelten. Unfern von dem Boote des Mestizen, da wo er die zwischen den beiden Männern gewechselten Worte vernehmen konnte, hielt er an. »Aber wie soll ich dem Vater die Identität der Tochter beweisen? fragte Andreas Certa den Juden.

– Dadurch, dass Sie ihn an die Umstände erinnern, unter denen er einst sein Kind verlor.

– Und welcher Art sind diese?

– Hören Sie.«

Martin Paz tauchte kaum über dem Wasser auf und lauschte, ohne den Zusammenhang vollkommen zu verstehen.

»Sarahs Vater, begann der Jude, wohnte zu Conception in Chili. Es war der vornehme Herr, den Sie schon kennen. Nur sein Vermögen kam seiner edlen Herkunft gleich. Als er einst wegen Privatgeschäften in Lima zu tun hatte, reiste er allein hierher und ließ sein Weib mit der fünfzehn Monate alten Tochter zu Conception zurück. Das Klima von Peru gefiel ihm ausnehmend, und er meldete der Marquise, sie solle ihm hierher folgen. Mit wenigen vertrauten Dienern schiffte diese sich in Valparaiso auf dem San-Jose ein. Ich begab mich eben mit demselben Schiffe nach Peru. Der San-Jose sollte bei Lima anlegen; auf der Höhe von Juan-Fernandez aber überfiel uns ein entsetzlicher Sturm, der das Schiff verschlug und auf die Seite legte. Mannschaft und Passagiere flüchteten in die Schaluppe; angesichts des tobenden Meeres aber weigerte sich die Marquise, diesem Beispiele zu folgen; sie presste ihr Kind ans Herz und blieb auf dem Schiffe. Ich allein hielt dort mit ihr aus. Die Schaluppe stieß ab, und kaum hundert Faden vom San-Jose wurde sie schon samt ihren Insassen von den Wogen verschlungen. Wir blieben allein. Der Sturm raste mit furchtbarer Gewalt. Da meine Schätze nicht an Bord waren, verfiel ich nicht der Verzweiflung. Mit fünf Fuß Wasser im Raume wurde der San-Jose endlich an die Küstenfelsen geschleudert und zertrümmert. Die junge Frau wurde mit ihrem Kinde ins Meer geworfen.

Glücklicherweise konnte ich das Kind noch erfassen, mit dem ich das Ufer erreichte, während seine Mutter vor meinen Augen unterging.

- Und diese Einzelheiten sind genau?

- Vollkommen; der Vater wird ihnen nicht widersprechen. O, es ist doch ein glücklicher Tag für mich gewesen, Senor, da er mir von Ihnen heute noch 100.000 Piaster einbringt.

- Was soll das bedeuten? fragte sich Martin Paz.

- Hier, mein Portefeuille mit 100,000 Piastern, antwortete Andreas Certa.

- Ich danke, Senor, sagte Samuel und griff nach der Summe. Nehmen Sie auch diese Quittung darüber. Ich verpflichte mich, Ihnen die doppelte Summe zu zahlen, wenn Sie mit Ihrer Heirat nicht in eine der ersten Familien Spaniens eintreten!«

Der letzte Satz war dem Indianer entgangen. Er hatte untertauchen müssen, um von dem Boote aus nicht bemerkt zu werden, und dabei wurde er auch gewahr, dass eine große unförmige Masse rasch auf ihn zuglitt.

Es war ein Tintorea, ein Haifisch der furchtbarsten Gattung.

Martin Paz sah, wie das Ungeheuer sich ihm näherte, und tauchte tiefer, doch bald musste er, um Atem zu holen, über das Wasser emporkommen. Da traf ihn ein Schlag von dem Schweife des Hais, und er fühlte die schlüpfrigen Schuppen des Tieres an seiner Brust. Das Ungeheuer wandte sich, um seine Beute erschlaffen zu können, auf den Rücken, und schon gähnte sein mit einer dreifachen Reihe furchtbarer Zähne bewährter Rachen; doch Martin Paz sah den weißen Bauch des Tieres schimmern und stieß seinen langen Dolch mit kräftiger Faust hinein.

Sofort färbte sich das Wasser um ihn blutig rot. Er tauchte von Neuem unter, zehn Faden von jener Stelle wieder auf, und da er das Boot des Mestizen nicht mehr sah, erklomm er nach einigen Schlägen das Ufer, während er schon ganz vergessen zu haben schien, dass er kaum einem schrecklichen Tode entronnen war.

Am andern Tage hatte Martin Paz Chorillos verlassen, und Don Vegal eilte, von Unruhe gefoltert, nach Lima, um ihn dort womöglich wieder aufzufinden.

VII.

Die Verheiratung Andreas Certas mit der Tochter des reichen Samuel bildete ein wahrhaftes Ereignis. Die Señoras fanden keinen Augenblick Ruhe mehr; sie erschöpften sich in der Erfindung eines reizenden Kleides, eines neuen Haarschmucks, und versuchten bis zur Ermüdung die verschiedenartigsten Toiletten.

Auch im Hause Samuels, der Sarahs Vermählung mit größtem Glanze feiern wollte, war man mit vielfachen Vorbereitungen beschäftigt. Die Fresken, welche nach spanischer Sitte seine Wohnung schmückten, erfuhren eine sorgfältige Erneuerung; geschnitzte Möbel von kostbarem, wohlriechendem Holze erfüllten die Salons, die eine wohltuende Frische atmeten; seltene Gewächse, Erzeugnisse der heißen Zonen, umwanden die Balustraden und schmückten die Terrassen.

Das junge Mädchen aber hatte keine Hoffnung mehr, da der Sambo keine hatte, und der Sambo hoffte nicht mehr, da er am Arme jenes Zeichen der Hoffnung nicht trug! Liberia hatte den alten Indianer wiederholt beobachtet ... er hatte Nichts entdecken können!

O wären der armen Sarah die Regungen seines Herzens bekannt gewesen, sie wäre in ein Kloster entflohen, um dort ihr Leben zu beschließen! Unwiderstehlich durch die Lehren der katholischen Kirche angezogen, und durch den Pater Joachim heimlich getauft, hatte sie sich dieser Religion, welche mit der Sehnsucht ihres Herzens so wunderbar übereinstimmte, voll und innig angeschlossen.

Pater Joachim, der jedes Aufsehen vermeiden wollte, und übrigens mehr in feinem Breviarium, als im Menschenherzen zu lesen pflegte, ließ Sarah unbeirrt an Martin Paz' Tod glauben. Die Bekehrung des jungen Mädchens kümmerte ihn am meisten, und weil er diese durch eine Verbindung mit Andreas Certa am besten gesichert glaubte, so versuchte er ihr, da ihm die Nebenumstände bei jener unbekannt blieben, nur noch zuzureden.

Endlich war der bestimmte Tag, der Tag der Freude für den einen und der des Herzeleids für den andern Teil gekommen. Andreas Certa hatte wohl die ganze Stadt zu seiner Hochzeitsfeier eingeladen; von den vornehmen Familien, die sich durch mehr oder weniger begründete Ausreden entschuldigten, wurden seine Einladungen insgesamt höflich abgelehnt.

Inzwischen war die Stunde zur Vollziehung des Ehekontraktes gekommen, doch das junge Mädchen erschien nicht ...

Der Jude Samuel wurde von einer geheimen Unruhe geplagt; Andreas Certa runzelte die Augenbrauen mit einer Miene, welche seine Ungeduld verriet. Auf den Gesichtern der Gäste malte sich eine gewisse Verlegenheit, während Tausende von Kerzen, deren Licht die prächtigen Spiegel zurückwarfen, die Salons mit blendendem Glanze erfüllten.

Draußen auf der Straße irrte ein Mann in tödlicher Angst umher: Es war der Marquis Don Vegal.

VIII.

Sarah war, eine Beute der fürchterlichsten Angst, allein geblieben; sie vermochte ihr Zimmer nicht zu verlassen. Einen Augenblick erschien sie, um ihre Erregung zu dämpfen, auf dem Balkon, der nach dem inneren Garten hinaus lag.

Plötzlich bemerkte sie einen Mann, der unter der Magnolienallee dahinglitt. Sie erkannte Liberta, ihren Diener. Liberta schien einen unsichtbaren Feind, der sich bald hinter einer Statue verbarg, bald sich zur Erde bückte, zu belauern.

Jetzt erbleichte Sarah. Liberta lag mit einem hochgewachsenen Mann im Kampfe, der ihn niedergeworfen hatte, und ein halbersticktes Röcheln verriet, dass eine kräftige Hand die Lippen des Negers verschließen musste.

Schon wollte das junge Mädchen um Hilfe rufen, als sie die beiden Männer sich wieder erheben sah. Der Neger schaute seinen Gegner an.

»Ihr! Ihr seid es?« sagte er.

Er folgte dem Manne, der, noch bevor Sarah einen Schrei auszustoßen imstande war, ihr ebenfalls wie ein Gespenst aus der anderen Welt erschien. Und so wie der Neger unter dem Knie des Indianers seufzte, konnte auch das junge Mädchen, gefesselt von dem Blicke Martin Paz', nur die Worte sprechen:

»Ihr! Ihr seid es!«

Martin Paz richtete seine Augen auf sie und sprach:

»Hört denn die Braut nicht das Rauschen des Festes? Die Gäste drängen sich in den Sälen, um ihr Freude schimmerndes Antlitz zu sehen! Soll sich ihnen ein Schlachtopfer zeigen? Kann sich das Mädchen mit den vor Schmerz gebleichten Zügen dem Bräutigam vorstellen?«

Sarah hörte kaum, was Martin Paz zu ihr sprach. Der junge Indianer fuhr fort:

»Da das Mädchen in Tränen schwimmt, so richte es seine Augen doch über das Haus seines Vaters hinaus, weit über die Stadt, in der es leidet!«

Sarah erhob den Kopf. Martin Paz hatte sich hoch aufgerichtet und wies mit ausgestrecktem Arme nach den Kordilleren, dem Wege zur Freiheit.

Mit unwiderstehlicher Gewalt fühlte sich Sarah zu ihm gezogen. Schon drang der Laut einiger Stimmen an ihr Ohr. Man näherte sich ihrem

Zimmer. Gewiss kam ihr Vater; wahrscheinlich begleitete ihn der Bräutigam! Da verlöschte Martin Paz plötzlich die Lampe über seinem Haupte ... Ein Pfiff, ähnlich dem, der auf der Plaza-Mayor erschallte, drang durch die Finsternis ...

Die Thür wurde heftig aufgerissen. Samuel und Andreas Certa traten ins Zimmer; es war tief dunkel darin. Einige Diener liefen mit Fackeln herbei ... Das Gemach war leer!

»Tod und Teufel! rief der Mestize.

- Wo ist sie? sagte Samuel.

- Sie sind mir dafür verantwortlich«, herrschte Andreas Certa den Alten an.

Bei diesen Worten fühlte der Jude einen kalten Schweiß aus allen Poren dringen.

»Hierher! Zu Hilfe!« rief er.

Schnell sammelte er einige Diener und stürzte aus dem Hause.

Inzwischen entfloh Martin Paz mit Windeseile durch die Straßen der Stadt. Gegen zweihundert Schritte von dem Hause des Juden traf er auf einige Indianer, die sich auf sein Pfeifen dort aufhielten.

»Nach unsern Bergen rief er ihnen zu.

- Nach Marquis Don Vegals Hause!« erklang da eine Stimme hinter ihm.

Martin Paz wendete sich um.

Der Spanier war an seiner Seite.

»Werden Sie mir dieses junge Mädchen nicht anvertrauen?« fragte ihn Don Vegal.

Der Indianer senkte den Kopf und sagte mit leiser Stimme: »Nach der Wohnung des Marquis Don Vegal!«

Martin Paz, der dem Einflusse des Marquis nicht zu widerstehen vermochte, vertraute ihm das junge Mädchen an. Er wusste, dass die Geliebte in seinem Hause in Sicherheit sei, und da er klar fühlte, was die Ehre von ihm verlange, wollte er die Nacht nicht unter dem Dache seines Wohltäters zubringen.

Er verließ also das Haus; ihm glühte der Kopf, und fieberhaft siedete das Blut in seinen Adern.

Doch kaum hatte er hundert Schritte getan, als sich fünf oder sechs Männer über ihn warfen, ihn trotz seines verzweifelten Widerstandes fesselten und Mund und Augen verbanden. Martin Paz presste einen erstickten Aufschrei der Verzweiflung hervor. Er glaubte sich in der Gewalt seiner Feinde.

Bald darauf wurde er in einem Zimmer niedergelegt, wo man ihm die Binde von den Augen nahm. Er schaute umher und erkannte den niedrigen Saal der Taverne, in dem seine Brüder ihre erste Revolte geplant hatten.

Der Sambo, welcher der Entführung des jungen Mädchens beigewohnt hatte, befand sich hier. Manangani und die Anderen umringten ihn. Ein Blitz des Hasses sprühte aus Martin Paz' Augen.

»Meinen Sohn rühren also meine Tränen nicht, begann der Sambo, da er mich so lange glauben lässt, er sei tot?

»Ziemte es sich für Martin Paz, unseren Führer, fragte Manangani, dass er am Vorabende eines Aufstandes sich im Lager unserer Feinde blicken lässt?«

Martin Paz antwortete weder seinem Vater noch dem Indianer.

»Unsere heiligsten Interessen werden also einem Weibe geopfert?«

Mit diesen Worten hatte sich Manangani, einen Dolch in der Hand, Martin Paz genähert. Dieser würdigte ihn kaum eines Blicks.

»Lasst uns erst sprechen, sagte der Sambo, und nachher handeln. Wenn mein Sohn bei seinen Brüdern fehlt, so weiß ich nun, wen die Schuld an diesem Verrate trifft. Er möge sich hüten! So gut ist die Tochter des Juden Samuel nicht versteckt, dass wir sie nicht zu finden wüssten! Mein Sohn überlege sich, was er tut. Ist er einmal zum Tode verurteilt, so hat er in dieser Stadt keinen Stein mehr, darauf zu ruhen. Wenn er dagegen sein Land befreien hilft, winkt ihm die Ehre und die Freiheit!«

Martin Paz schwieg, doch ein furchtbarer Kampf wogte in seinem Innern. Der Sambo hatte die Saiten dieser stolzen Natur zum Ertönen gebracht.

Martin Paz war den Plänen der Empörer unentbehrlich; er übte den größten Einfluss auf die Indianer der Stadt; er lenkte sie nach seinem Willen; nur ein Zeichen von ihm, und sie gingen in den Tod.

Die Bande, welche ihn noch fesselten, wurden auf Sambo's Befehl gelöst. Martin Paz erhob sich.

»Mein Sohn, sprach der Indianer zu ihm, während er ihn aufmerksam ins Auge fasste, morgen während des Festes der Amancaës werden unsere Brüder wie eine Lawine über die wehrlosen Limenser herfallen.

Dort ist der Weg nach den Kordilleren, dort der nach der Stadt. Du hast die freie Wahl.

– In die Berge! rief Martin Paz. In die Berge und das Verderben über unsere Feinde!«

Und das Morgenrot traf mit seinen ersten Strahlen die Versammlung der Indianerhäuptlinge in den Schluchten der Kordilleren.

IX.

Der Tag des großen Festes der Amancaes, der 24. Juni, war gekommen. In Fuß, zu Rosse und zu Wagen begaben sich die Bewohner der Stadt nach einem berühmten, eine halbe Stunde vor den Toren gelegenen Plateau. Mestizen und Indianer nahmen an dem allgemeinen Feste teil; in kleinen Gesellschaften von Verwandten oder Freunden zogen sie dahin. Alle trugen den nötigen Mundvorrat mit sich, und jeder Gesellschaft ging ein Gitarrenspieler voraus, der die beliebtesten Weisen sang. Die Spaziergänger wogten durch die Mais- und Alfalafelder, durch die Bananengebüsche oder schwärmten durch die schönen Weidenalleen, um nach den Citronen- und Orangenwäldern zu gelangen, deren Wohlgeruch sich mit dem erfrischenden Dufte aus den Bergen mischte. Längs des Weges boten fliegende Händler Branntwein und Bier aus, und rings um sie ertönte es von Lachen und freudigen Rufen. Die Kavaliere trabten durch die Menge und wetteiferten miteinander an Schnelligkeit, Kühnheit und Geschicklichkeit.

Bei diesem Feste, das seinen Namen von einer Art kleiner Bergblümchen herleitet, herrscht eine Ungebundenheit und Freiheit ohne Gleichen. Und doch klang niemals der Misston eines Streites durch die tausend Rufe der allgemeinen Freude. Kaum einige Lanziers zu Pferde, geschmückt mit ihren glänzenden Kürassen, hielten da und dort die nötige Ordnung aufrecht.

Als dann die ganze Menschenmenge endlich auf dem Plateau der Amancaës anlangte, schallte ein ungeheurer Jubelruf durch die Tiefen der Berge.

Zu den Füßen der Zuschauer dehnte sich die alte Stadt der Könige aus, die ihre Türme voll betäubender Glockenspiele kühn zum Himmel streckte. Die Kirchen San-Pedro, San-Augustin und die Kathedrale lenkten die Blicke auf ihre in den Strahlen der Sonne erglänzenden Dächer.

San-Domingo, die reiche Kirche, deren Madonna niemals zwei Tage in demselben Schmucke prangt, erhob ihre luftige Spitze noch höher als ihre Nachbarn. Zur Rechten wälzte das Stille Meer seine langen blauen Wogen beim Wehen der leichten Brise dahin, und wenn das Auge von Callao bis ins Land hinein nach Lima streifte, überflog es alle die Grabdenkmäler, welche die Reste der ganzen Dynastie der Inkas enthalten.

Am fernen Horizonte rahmte das Cap Morra-Solar das prächtige, ausgedehnte Bild ein.

Doch während die Limenser die herrliche Aussicht rings umher bewunderten, bereitete sich auf den eisigen Gipfeln der Kordilleren ein blutiges Drama vor.

In der von ihren gewöhnlichen Bewohnern fast ganz verlassenen Stadt liefen eine große Anzahl Indianer in den Straßen umher. Während auch sie sonst an den Spielen des festlichen Tages teilnahmen, gingen sie heute schweigend und mit lauernder Miene dahin. Dann und wann kam wohl ein Häuptling vorüber und raunte ihnen einige geheimnisvolle Worte zu, um schnell weiter zu eilen. Nach und nach sammelten sich Alle in den reichen Vierteln der Stadt.

Schon begann die Sonne, am Horizonte zu sinken. Das war die Stunde, zu der die limensische Aristokratie auch ihrerseits sich nach dem Festplatze zu begeben pflegte. Die reichsten Toiletten schimmerten in den Equipagen, welche rechts und links unter den Bäumen der Straße dahinflogen. Allmählich entstand ein wahres Gewirr von Fußgängern, Wagen und Reitern.

Da schlug es vom Turme der Kathedrale fünf Uhr.

Ein furchtbar gellender Schrei erscholl in der Stadt. Von allen Plätzen, allen Straßen, aus allen Häusern stürzten die Indianer, die Waffen in den Händen. Die schönsten Teile der Stadt wurden bald von den Aufrührern überschwemmt, deren Einige brennende Fackeln über den Köpfen schwangen.

»Tod den Spaniern! Tod den Unterdrückern!« war das allgemeine Losungswort.

Sofort bedeckten sich die benachbarten Hügel mit anderen Indianern, welche sich ihren Brüdern in der Stadt anschlossen.

Man betrachte das Bild, das Lima in diesem Augenblicke bot. Die Aufständischen hatten sich in der ganzen Stadt verbreitet. An der Spitze eines der Haufen marschierte Martin Paz, eine schwarze Fahne in der Hand, und während die Indianer über die dem Untergange geweihten Häuser herfielen, suchte er die Plaza-Mayor mit seiner Truppe zu erreichen. Neben ihm erhob Manangani ein wütendes Schlachtgeschrei.

Sobald sich die Nachricht von dem Aufstande verbreitete, waren die Soldaten vor dem Palaste des Präsidenten in Schlachtordnung zusammengetreten. Ein mörderisches Gewehrfeuer empfing die Insurgenten, als sie den Platz betraten. Einen Moment stutzten die Indianer wohl, als die Kugeln eine ansehnliche Zahl ihrer Genossen niederstreckten, doch unaufhaltsam stürmten sie gegen die Truppen vor. Es kam zu einem wütenden Handgemenge, in dem Mann gegen Mann kämpfte. Martin Paz und Manangani verrichteten wahre Heldentaten und entgingen nur wie durch ein Wunder dem drohenden Tode.

Sie wollten den Palast um jeden Preis erstürmen und sich in demselben festsetzen.

»Vorwärts!« rief Martin Paz, und seine Stimme begeisterte die Seinen zum Sturme.

Obgleich sie von allen Seiten beschossen wurden, gelang es den Indianern doch, die Soldatenkette um den Palast zu sprengen! Schon drängte sich Manangani nach dem Eingange, als er plötzlich halb zurückwich. Als sich die Reihen der Soldaten öffneten, demaskierten sich zwei Kanonen, Tod und Verderben unter die Angreifer zu speien.

Keine Sekunde war zu verlieren, die Batterie musste gestürmt werden, bevor sie Feuer gegeben hatte.

»Wir beiden voran!« rief Manangani, der sich dicht an Martin Paz anschloss.

Doch Martin Paz hatte sich gebückt und hörte ihn nicht mehr, denn ein Neger raunte ihm die Worte ins Ohr:

»Don Vegals Haus wird geplündert; er wird vielleicht getötet!«

Bei diesen Worten wich Martin Paz zurück. Manangani wollte ihn mit sich fortreißen, doch in diesem Augenblicke donnerten die Kanonen und schleuderten ihren Kartätschenhagel unter die Indianer.

»Zu mir!« rief Martin Paz, und sofort drängten sich einige ergebene Anhänger zu ihm und schlugen sich glücklich durch die Soldaten durch.

Diese Flucht hatte ganz dieselben Folgen, wie ein Verrat. Die Indianer glaubten sich von ihrem Führer verlassen. Vergebens versuchte Manangani, sie zum Kampfe zurückzuführen. Wieder knatterten die Gewehre in den Haufen hinein; nun wurde es unmöglich, die Bestürzten wieder zu sammeln; die Verwirrung erreichte ihren Gipfel, die Flucht wurde allgemein. Die Flammen, welche sich da und dort in der Stadt erhoben, verlockten einige der Flüchtlinge zur Plünderung; doch die Soldaten verfolgten sie mit den blanken Waffen und töteten, was in ihre Hände fiel.

Inzwischen hatte Martin Paz Don Vegals Haus erreicht, das der Schauplatz eines erbitterten Kampfes war, den der Sambo selbst anführte. Den alten Indianer hatte ein doppeltes Interesse hierher getrieben, einmal bekämpfte er den Spanier, und dann wollte er sich Sarahs als Geißel der Treue seines Sohnes bemächtigen.

Durch die Tür und die zum Teil zerstörten Mauern sah man Don Regal, den Degen in der Faust und umgeben von seiner Dienerschaft, wie er der andringenden Masse widerstand. Der Stolz dieses Mannes und seine Tapferkeit hatten etwas Erhabenes. Er stand selbst in erster Reihe, und sein furchtbarer Arm umringte ihn mit Leichen der Gefallenen.

Doch was sollte er gegen die Menge der Indianer beginnen, welche sich durch die Besiegten von der Plaza-Mayor noch jeden Augenblick vermehrte? Don Vegal fühlte es selbst, dass seine Verteidiger ermatteten, und schon blieb ihm nichts mehr übrig, als sich töten zu lassen, als Martin Paz rasch wie ein Blitz seinen Angreifern in den Rücken fiel, sie nötigte, sich gegen ihn zu wenden, bis es ihm mitten durch das Gewoge des Kampfes gelang, bis zu Don Vegal vorzudringen, den er mit dem eigenen Leib deckte.

»Brav, mein Sohn, brav!« rief Don Vegal Martin Paz zu.

Doch den jungen Indianer drückte ein schwerer Kummer.

»Brav, Martin Paz!« rief da eine andere Stimme, die ihm tief in die Seele drang.

Er erkannte die Stimme Sarahs, und sein Arm richtete rings um ihn ein Blutbad an.

Des Sambo Truppe wich ihrerseits zurück. Wohl zwanzig Mal richtete dieser neue Brutus seine Schlage gegen seinen Sohn, ohne ihn erreichen zu können, und zwanzig Mal hatte Martin Paz die Waffe abgewendet, welche nahe daran gewesen war, seinen Vater zu treffen.

Plötzlich erschien Manangani blutbedeckt an des Sambo Seite.

»Du hast geschworen, rief er, eines Elenden Verrat an seinen Verwandten, Freunden und sich selbst zu rächen! Jetzt ist die Zeit dazu! Dort kommen Soldaten; der Mestize Andreas Certa ist unter ihnen! – So komm, Manangani, erwiderte der Sambo mit wildem Gelächter, komm!«

Beide verließen Don Vegals Haus und gingen der Abteilung, welche im Laufschritt daherkam, entgegen. Wohl legte man auf sie an, doch furchtlos ging der Sambo gerade auf den Mestizen zu.

»Sie sind Andreas Certa, sagte er zu ihm. Wohl, Ihre Braut befindet sich in Don Vegals Hause, und Martin Paz will sie in die Berge entführen!«

Nach diesen Worten verschwanden die Indianer.

So hatte der Sambo die beiden Todfeinde einander gegenüber gebracht, und die Soldaten wandten sich, durch Martin Paz' Anwesenheit getäuscht, nach dem Hause des Marquis.

Andreas Certa schäumte vor Wut. Sobald er Martin Paz' ansichtig wurde, stürzte er auf ihn zu.

Ein furchtbares Ringen entspann sich. Mit Riesenkräften hatten sich die Beiden umschlungen und suchten einander einen Vorteil abzugewinnen. Da entfiel dem Indianer sein Dolch, den Andreas Certa erhaschte und ihn Jenem in die Brust bohren wollte. Doch Martin Paz fing seinen Arm, entriss ihm die Waffe wieder und stieß sie seinem Gegner mit Blitzesschnelle ins Herz.

Dann warf er sich in Don Vegals Arme.

»In die Berge, mein Sohn, flieh' in die Berge! Jetzt befehle ich es Dir!« rief der Marquis.

In diesem Augenblick erschien der Jude Samuel und drängte sich zu dem Leichnam Andreas Certas, dem er schnell ein Portefeuille zu entreißen suchte. Doch Martin Paz hatte ihn bemerkt und rang ihm seinen Raub aus den Händen. Er öffnete das Buch, blätterte darin, stieß einen Freudenschrei aus und übergab dem Marquis ein Papier, auf dem sich folgende Zeilen vorfanden:

»Erhalten von Señor Andreas Certa die
Summe von 100,000 Piastern, welche ich mich
verpflichte, ihm zurückzuerstatten, wenn Sarah, die
ich gelegentlich des Schiffbruchs des San-Jose
gerettet habe, nicht die Tochter und einzige Erbin
des Marquis Don Vegal ist.

Samuel.«

»Meine Tochter!« rief der Spanier entzückt und eilte nach Sarahs Zimmer ...

Das junge Mädchen war nicht mehr da, und der Pater Joachim, der in seinem Blute dalag, konnte nur noch die Worte flüstern:

»Der Sambo! ... Geraubt! ... Nach dem Madeira-Flusse! ...«

X

»Auf! Auf! Ihr nach!« rief Martin Paz.

Ohne ein Wort zu sprechen, folgte Don Vegal dem Indianer. Seine Tochter! ... Er musste seine Tochter wiederfinden.

Man brachte eiligst zwei Maultiere herbei. Die beiden Männer saßen auf; schnell zur Reise ausgerüstet, nahmen sie einige Pistolen in den Satteltaschen mit und warfen einen Karabiner über die Schulter. Martin Paz hatte auch seinen Lasso um sich geschlungen, dessen eines Ende am Geschirr seines Maultieres befestigt war.

Martin Paz kannte die Ebenen und die Berge, welche sie durcheilen mussten. Er wusste, nach welchem entlegenen Flecken der Sambo seine Verlobte entführen werde. Seine Verlobte! Durfte er es denn wagen, der Tochter des Marquis Don Vegal diesen ihm so süßen Namen zu geben?

Der Spanier und der Indianer, die nur einen Gedanken, nur ein Ziel hatten, verschwanden bald in den mit Kokospalmen und Fichten bestandenen Talengen der Kordilleren. Die Zedern, die Baumwollenpflanzungen, die Aloes blieben samt den mit Mais und Luzerne bedeckten Ebenen hinter ihnen. Einige stachlige Kaktuspflanzen verletzten dann und wann ihre Maultiere und ließen sie auf den steilen Abhängen straucheln.

Es war ein gewagtes Unternehmen, die Berge in dieser Jahreszeit überschreiten zu wollen. Der unter den Strahlen der Junisonne schmelzende Schnee goss da und dort wilde Wasserfälle herab, und manchmal lösten sich gewaltige Schnee- und Eismassen von den Gipfeln, die donnernd in die Abgründe polterten.

Doch der Vater und der Bräutigam ritten Tag und Nacht unaufgehalten weiter, ohne sich einen Augenblick Ruhe zu gönnen.

Vierzehntausend Fuß hoch über dem Meere gelangten sie nach dem Gipfel der Anden, einer baum- und vegetationslosen Region. Oft wurden sie vom Schneetreiben, das der Wind in den höchsten Teilen des Gebirges aufwirbelte, umhüllt. Don Vegal hielt manchmal unwillkürlich an, aber Martin Paz kam ihm zu Hilfe und schützte ihn gegen die ungeheuren Schneemassen.

Auf diesem höchsten Punkte der Anden bedurften die Reiter, als sie auch noch jener auf bedeutenden Höhen bekannte krankhafte Zustand befiel, der auch dem unerschrockensten Menschen aller entschlossenen

Tatkraft beraubt, einer fast übermenschlichen Willensanstrengung, um den Strapazen der Fahrt zu trotzen.

Auf dem östlichen Abhange der Kordilleren entdeckten sie die Spuren der Indianer wieder, und stiegen nun die Bergkette hinab.

Sie erreichten die ungeheuren, jungfräulichen Wälder, die sich in den Ebenen zwischen Peru und Brasilien erheben, und hier erprobte sich, mitten in diesen unentwirrbaren Gehölzen, Martin Paz' Indianer-Scharfsinn in seinem ganzen Umfange.

Ein halb erloschenes Feuer, eine verwischte Fußspur, geknickte schwache Zweige, die Art der Eindrücke auf dem Boden, alles diente ihm als Auskunftsmittel und Wegweiser.

Don Vegal befürchtete, seine unglückliche Tochter sei zu Fuß über diesen steinigen und höckerigen Boden geschleppt worden; doch der Indianer machte ihn auf einige tiefer eingedrückte Kiesel aufmerksam, die den Fußtritt eines Reittieres verrieten; über denselben zeigten sich die Gezweige nach einer Richtung und in solcher Höhe verbogen, dass nur eine Person zu Pferde hatte, bis dahin reichen können. In Don Vegals Herz schimmerte ein schüchterner Hoffnungsstrahl. Martin Paz war auf der einen Seite so vertrauensvoll, auf der anderen so gewandt, dass es für ihn weder unbesiegbare Gefahren, noch unübersteigliche Hindernisse gab.

Eines Abends zwang die Erschöpfung Martin Paz und Don Vegal, am Ufer eines Flusses Halt zu machen. Jener gehörte zu den Zuflüssen des Madeira und war dem Indianer vollkommen bekannt. Weitverzweigte Magnolien beugten sich über das Wasser und hingen mit denen am andern Ufer durch schlanke Lianen zusammen.

Waren die Räuber mit ihrer Beute nun stromauf- oder abwärts gezogen? Hatten sie den Wasserlauf quer überschritten? Diese Fragen drängten sich in Martin Paz' Gehirn. Mit unendlicher Sorgfalt verfolgte er einige kaum erkennbare Spuren und gelangte längs des Ufers an eine etwas lichtere Stelle. Dort lehrten ihn dichtere Fußspuren, dass mehrere Menschen an dieser Stelle übergesetzt waren.

Martin Paz suchte sich zu orientieren, als er nahe einem dichteren Gehölz einen dunklen Körper bemerkte. Schnell hatte er den Lasso wurfbereit zur Hand und hielt sich zu einem Angriffe fertig; doch kaum einige Schritte weiter erkannte er ein auf dem Boden und in den letzten Zuckungen liegendes Maultier. Das arme Tier musste weit von dem Orte, nach dem es sich noch geschleppt hatte, verwundet worden sein, worauf wenigstens die zurückgelassene lange Blutspur, die Martin Paz auffand, hinzudeuten schien. Er bezweifelte gar nicht, dass die Indianer bei der Unmöglichkeit, es über den Wasserlauf zu bringen, dasselbe durch einen Dolchstoß hatten töten wollen. Ihm schwanden nun alle Zweifel hinsichtlich der von seinen Feinden eingeschlagenen Richtung, und er schloss sich seinem Begleiter wieder an.

»Morgen werden wir unser Ziel wahrscheinlich erreicht haben, sagte er.

- So brechen wir im Augenblicke auf, antwortete der Spanier.

- Doch müssen wir über diesen Fluss!

- Wir schwimmen hindurch!«

Beide entledigten sich ihrer Kleidung, die Martin Paz in einem Bündel über den Kopf hielt, und glitten geräuschlos ins Wasser, aus Furcht, die Aufmerksamkeit einiger der in den Strömen Perus und Brasiliens so häufigen Kaimans zu erregen.

Sie erreichten glücklich das jenseitige Ufer. Martin Paz' erste Sorge war es, die Fährte der Indianer aufzufinden; doch trotz der aufmerksamsten Betrachtung der Gebüsche und des Fußbodens vermochte er nichts zu entdecken. Da sie die schnelle Strömung aber ein gutes Stück abwärts getrieben hatte, gingen Martin Paz und Don Vegal wieder längs des Ufers stromauf und trafen wirklich die Fußspuren wieder an, welche sie nicht verkennen konnten.

Dort hatte der Sambo mit seinen Begleitern, die sich unterwegs durch Zuzug vermehrten, den Madeira-Arm überschritten. Die Indianer der Ebene und der Berge, welche vorher ungeduldig den Ausgang der Empörung erwarteten, erfüllten, als sie erfuhren, dass man sie verraten habe, die Luft mit ihrem Wutgeheul und folgten, da sie ein Opfer für ihren Rachedurst in seinen Händen sahen, dem alten Häuptlinge nach.

Das junge Mädchen war gefühllos für alles, was um sie vorging. Sie bewegte sich, weil rohe Fäuste sie vorwärts stießen. Ja, hätte man sie mitten in diesen Einöden verlassen, sie würde kaum den Fuß gerührt haben, dem Tode zu entfliehen. Manchmal zog es noch wie eine Erinnerung an den jungen Indianer durch ihr Gemüt; doch bald sank sie wie eine leblose Masse über dem Halse ihres Maultieres zusammen. Als sie auf der anderen Seite des Flusses ihren Räubern zu Fuße folgen musste, zerrten sie zwei Indianer erbarmungslos mit sich fort, und eine lange Blutspur bezeichnete ihren Weg.

Doch den Sambo kümmerte dieses Blut, das die von ihm eingeschlagene Richtung verriet, nur wenig. Er näherte sich seinem Ziele, und bald wurde der betäubende Donner der Katarakten des Flusses hörbar.

Der Indianerhaufen erreichte eine Art Flecken, der aus etwa hundert Hütten aus Holz und Lehm bestehen mochte. Bei seiner Annäherung stürzte ihm eine Menge Frauen und Kinder mit Freudengeschrei entgegen; doch diese Freude verwandelte sich in sinnloses Wüten, als sie den Abfall des Martin Paz' vernahmen.

Sarah stand regungslos vor ihren Feinden und betrachtete sie mit halb gebrochenem Auge. Alle die hässlichen Gesichter grinsten um sie, und zu ihrem Ohre drangen die fürchterlichsten Drohungen.

»Wo ist mein Gatte? schrie das eine Weib. Du hast ihn getötet!

– Und mein Bruder, der nicht mehr in seine Hütte zurückkehrt, wo ist er?

– Zum Tode mit ihr! Jede von uns muss ein Stück ihres Fleisches haben! Zum Tode!«

Mit geschwungenen Messern, lodernden Feuerbränden und großen, zusammengerafften Steinen in den Händen, drangen die Weiber auf das junge Mädchen ein.

»Zurück! herrschte sie da der Sambo an, alle mögen den Beschluss der Häuptlinge erwarten!«

Die Frauen gehorchten dem Machtspruche des alten Indianers und schossen nur ihre giftigen Blicke auf das unglückliche Opfer. Sarah fiel mit Blut bedeckt auf den Steinen des Flussufers nieder.

Unterhalb jenes Fleckens wälzte der in seinem verengten Felsenbette schäumende Madeira seine Wasser mit reißender Schnelligkeit nach einem gegen hundert Fuß hohen Falle; in diesem Katarakte sollte Sarah, so lautete der Urteilsspruch der Häuptlinge, ihren Tod finden.

Mit dem ersten Sonnenstrahle wollte man sie in ein Kanu aus Baumrinde binden und der Strömung des Madeira übergeben.

Wenn man den Tod des Schlachtopfers bis zum anderen Tage verschob, so geschah es nur, um ihm eine Nacht der Todesangst und des Entsetzens zu bereiten.

Ein wütendes Freudengeschrei begrüßte dieses Urteil, und wie mit grässlichem Wahnsinn erfüllte es die Männer und Weiber alle.

Eine scheußliche Orgie tobte wahrend der Nacht. Der Branntwein gärte in den erhitzten Köpfen. Tänzer mit verwirrten Haaren umkreisten das

Mädchen. Mit Funken sprühenden Fichtenbränden rasten andere Indianer umher.

So dauerte es bis zum Aufgange der Sonne und erschien noch entsetzlicher, als ihre ersten Strahlen die Scene erhellten.

Das junge Mädchen wurde von dem Pfahle, an den man sie gefesselt hatte, gelöst, und hundert Arme streckten sich aus, sie zum Tode zu schleppen. Als nur der Name Martin Paz' über ihre Lippen kam, erweckte er ein grauenvolles Geheul des Hasses und der Rache. Auf steilen, unwegsamen Pfaden zogen nun alle die gewaltigen Felsmassen hinauf, die man erklettern musste, um nach dem oberen Niveau des Flusses zu gelangen. Bluttriefend erreichte das Opfer seine Richtstätte. Dort lag hundert Schritte von dem Falle ein Kanu aus Baumrinde; in diesem wurde Sarah festgebunden, dass die Fesseln ihr ins Fleisch einschnitten.

»Unsere Rache!« rief der ganze Stamm wie mit einer Stimme.

Das Kanu wurde schnell von der Strömung weggerissen und drehte sich um sich selbst ...

Da erschienen zwei Männer am anderen Ufer. Martin Paz und Don Vegal waren es.

»Meine Tochter! Meine Tochter!« entrang es sich dem armen Vater, der am Ufer auf die Kniee fiel.

Das Kanu trieb nach dem Falle zu.

Martin Paz war auf einen Felsenvorsprung getreten und schwang den Lasso über seinem Haupte. Eben als das Fahrzeug nahe daran war, in die schäumende Tiefe zu stürzen, schlang sich der lange Lederriemen um dasselbe und hielt es auf.

»Tod dem Verräter!« brüllte die wilde Rotte.

Martin Paz beugte sich vor und zog das Kanu von dem Abgrunde zu sich hin ...

Da schwirrte ein Pfeil durch die Luft ... Martin Paz sank in das Kanu neben das Opfer, und der wirbelnde Fall verschlang ihn mit Sarah zugleich.

In demselben Augenblicke durchbohrte ein zweiter Pfeil Don Vegals Herz.

Martin Paz und Sarah hatten sich für das ewige Leben vereinigt, denn mit der letzten Bewegung ihres Lebens salbte das junge Mädchen die Stirn des Indianers im Augenblicke des Todes durch das heilige Sakrament der Taufe!

www.ingramcontent.com/pod-product-compliance
Lightning Source LLC
Chambersburg PA
CBHW060800310726
48980CB00002B/173

* 9 7 8 3 8 4 6 0 8 0 3 9 9 *